LAURENT
COMBALBERT

MILO

CALMANN
LÉVY
NOIR

COUVERTURE
Conception graphique : Axel Mahé
Photographie : © GraphixChon/ iStock photo

ISBN 978-2-7021-8980-1

MILO

Du même auteur

Négo, Calmann-Lévy, 2021
L'Organisation, Calmann-Lévy, 2023

Prologue

Soudan du Sud. Octobre 2023

Les deux hommes remontent les foulards camouflés qui les protègent tant bien que mal des brûlures du soleil et du vent d'Afrique. Autour d'eux, une fine poussière rougeâtre commence à recouvrir les corps enchevêtrés les uns sur les autres, comme pour tenter de gommer l'horreur qui vient de s'abattre sur le village des Diawara.

Celui que les autres appellent Chris, le plus âgé des deux, ôte sa casquette de base-ball. Délavée, effilochée, elle porte ce qui ressemble aux restes du logo des Marlins de Miami. Massif, il a la gueule cassée des soldats qui en ont trop vu. Ou trop fait. Il essuie du revers de sa veste son front dégoulinant de sueur, puis se retourne vers son jeune acolyte :

— Tu sors d'où ?

— Navy Seals. Douze ans. Et toi ?

— Royal Marines. Dix-sept ans.

— Qui c'est qui t'a recruté ?

— Secret. Ici, on ne parle pas de ça. Tout ce qui compte, c'est l'oseille qui tombe à la fin du mois.

Un peu plus loin, sous un latanier centenaire, les moteurs des Defender tournent au ralenti. À l'intérieur, les conducteurs tirent sur leurs clopes. Pour tromper l'ennui. Ou le stress. Les portières arrière grandes ouvertes laissent apparaître des packs d'eau, des sacs tactiques. Et des boîtes métalliques de couleur kaki, typiques des réserves de munitions qu'utilisent les militaires. Ou les mercenaires.

Le silence pesant qui s'est abattu sur le village est désormais à peine troublé par le crépitement des braises mourantes. Les flammes ont tout dévoré, ne laissant derrière elles que des charpentes noircies et des cendres éparses. L'odeur âcre de la fumée et des chairs calcinées remplace peu à peu celles de la poudre et du sang.

Chris regarde autour de lui. À une centaine de mètres, un groupe d'hommes habillés en tenue militaire revient vers les véhicules, protégeant de leurs mains leurs visages de la poussière qui virevolte autour d'eux. Ils portent des fusils d'assaut en bandoulière. À côté de Chris, son collègue observe. Sans voix. Comme s'il découvrait, hagard et incrédule, le décor du spectacle funeste auquel il vient de participer.

Chris se place face à lui, l'observe en souriant, et finit par lâcher :

— C'est quoi ton nom, déjà ?

— Bruce.

Chris hoche la tête, semblant apprécier le choix du prénom, parce que c'est forcément un pseudo. Comme le sien. Il poursuit :

— Ça fait longtemps que tu bosses pour Black Shadow, Bruce ?

— J'ai été recruté le mois dernier. Ça se voit tant que ça ?

— Tu fais une de ces gueules, mon gars. On dirait que tu débarques d'une autre planète.

— Je n'ai pas l'habitude de tirer sur des civils.

Chris se retourne, pour contempler l'horreur de ce qu'ils viennent de faire, avant de lâcher, désabusé :

— T'inquiète. Ça viendra.

Chapitre 1

Paris. Septembre 2024

Elena est profondément enfoncée dans le siège arrière tandis que les deux voitures noires se garent sans un bruit le long de l'avenue d'Iéna. Leurs lignes modernes et élancées tranchent avec le sentiment de lourdeur qu'inspirent leurs imposantes carrosseries. Parfaitement alignées, elles ne laissent aucun doute sur le fait que leurs passagers sont des personnes importantes. Comme pour confirmer cette impression, un agent de sécurité sort du premier véhicule, tandis qu'un autre fait de même depuis la seconde voiture. Un écusson métallique, visible à leur ceinture, indique qu'il s'agit d'agents du service de la protection du ministère de l'Intérieur.

Le quartier est habitué aux VIP. Aux voitures de luxe. Aux gardes du corps. Ici, rien n'est vraiment ostentatoire, mais tout transpire l'argent. Le pouvoir. Les voisins de ces grands immeubles ne s'étonnent plus de rien, et personne ne fait vraiment attention au cortège qui vient de stationner. Les feuilles des arbres qui bordent l'avenue commencent à se colorer des tons d'automne. Les touristes qui se sont rués sur Paris pour les jeux Olympiques semblent ne pas être partis, tant les rues de la capitale sont encombrées de passants qui déambulent sans but apparent. Les deux gardes du corps observent les allées et venues avec attention avant d'ouvrir la porte arrière de la dernière voiture. Après de longues secondes, Elena descend lentement et se dirige vers l'une des entrées d'un immeuble, sous une porte cochère. Grande, élancée, vêtue de clair, lunettes noires, la tête protégée par un immense foulard, elle ne jette même pas un regard à l'agent de sécurité qui lui tient la portière avant de lui emboîter le pas. Il accélère sa marche pour la devancer et lui ouvrir l'accès au bâtiment haussmannien.

Vu de l'extérieur, personne ne pourrait imaginer ce qui se cache derrière la porte imposante. Aucune plaque, aucune enseigne, aucune marque ne laisse deviner qu'un salon de coiffure accueille ses clients dans l'immeuble. Un patio arboré apporte une maigre touche de nature au cœur du bâtiment parisien. Quelques mètres plus loin, une sombre porte vitrée coulisse sans heurts pour laisser entrer la femme suivie de son garde du corps. Elle est accueillie par un jeune homme, vêtu de blanc. Sobre, il s'incline d'un geste obséquieux :

— Bonjour, madame. Je vous en prie.

Sans répondre ni même sourire, Elena ôte rapidement son manteau et le tend à celui qui l'a introduite dans le salon. Autour d'eux, tout est luxe : les fauteuils, les meubles, les plantes vertes, tout est parfaitement soigné. Organisé. Anticipé. Aseptisé. Daignant enfin regarder son hôte, elle lâche avec un sourire forcé :

— Faisons vite. Je suis pressée et mes gardes du corps n'aiment pas traîner ici.

Toujours penché vers l'avant, le jeune homme indique l'unique siège, immense, qui laisse plus penser au fauteuil de la première classe d'un avion de ligne qu'à celui d'un salon de coiffure. Les clients ne se bousculent pas, ici. On ne les reçoit que l'un après l'autre. En toute discrétion. Dans le secret.

— Mario arrive, madame. Souhaitez-vous que l'on vous apporte un café ?

Mario de Biasy, le coiffeur des stars. De Madonna à Ronaldo, il est celui à qui le gratin confie sa tête. Et ses confidences. Inutile de chercher une carte de visite ou un numéro de téléphone affichés ici : soit vous faites partie de ceux qui ont le portable de Mario, soit vous n'en êtes pas. La femme ôte son foulard, laissant s'échapper de longs cheveux bruns légèrement bouclés.

— Je veux bien un café, merci, répond Elena en prenant place dans le confortable fauteuil.

Elle a prononcé le mot « merci » dans un souffle de soulagement. Comme si elle se sentait tout à coup rassurée. Comme si elle pouvait enfin respirer. Derrière ses lunettes noires, Elena Orasca cache une crainte qui la hante depuis près de deux ans. Protégée à la demande des juges, suivie vingt-quatre heures sur vingt-quatre par des policiers du SDLP, elle ne peut plus faire un pas sans que le lieu qu'elle visite ait été contrôlé ni sans qu'un garde du corps la suive comme son ombre. Chez Mario, elle est en sécurité. Elle vient là depuis des années, et se retrouver ici lui rappelle le temps où elle pouvait se promener dans les rues de Paris sans sursauter chaque fois qu'une porte claque ou qu'un bruit sourd fait s'envoler les pigeons.

Ici, les bruits sont rassurants. Le parquet qui grince, pour rappeler que le lieu a une histoire. La machine à café, qui finit de faire couler le café d'Elena. La musique d'ambiance, un air de classique retravaillé en musique électronique.

Une jeune femme, elle aussi vêtue de blanc, s'approche à son tour. Elle porte un immense plateau sur lequel fume une tasse, à côté d'une assiette sur laquelle trônent deux macarons aux couleurs vives. Elena lui sourit à son tour alors qu'elle pose son plateau sur la petite table en marbre. Un peu de détente dans une vie de tourments. Elle ne gâcherait cela pour rien au monde. Elle enlève lentement les lunettes noires qui cachent ses grands yeux bleus, et relâche tous les muscles de son corps en expirant profondément.

Alors qu'elle s'appuie sur le dossier, la jeune femme bondit derrière le fauteuil. Elle plaque la tête d'Elena contre l'appuie-tête avec sa main gauche contre son front. De sa main droite, elle tire de son chignon une longue baguette de bois qui lui sert à retenir ses cheveux. D'un geste sec, la femme l'enfonce dans l'œil d'Elena en lui criant :

— Avec le bon souvenir de Milo !

Elena ne réalise pas ce qui se passe. La baguette a pénétré son orbite droite et s'est profondément enfoncée dans les circonvolutions de son cerveau. Elle ne pousse aucun cri, ne ressent aucune douleur. Elle n'imagine même pas ce qui vient de lui arriver.

Son garde du corps, positionné à côté de la porte vitrée, vient de comprendre qu'ils sont tombés dans un piège : il sort son arme et se dirige vers l'agresseuse. Mais il est déjà trop tard. La femme s'enfuit vers l'arrière du salon en courant, tandis qu'Elena commence à convulser. Ses jambes sont prises de tremblements frénétiques, sa bouche est entrouverte. Le sang commence à couler par son orbite droite. Presque ridicule, la longue baguette de bois plantée dans son œil s'agite au rythme des soubresauts involontaires et chaotiques du corps d'Elena.

Chapitre 2

Port-au-Prince. Février 2025

Voilà neuf heures que le docteur Céline Cluzel opère. Cette suture qu'elle vient de terminer lui laisse enfin échapper un soupir de satisfaction. Cette petite fille, tailladée sur la table du bloc opératoire et branchée de tous les côtés, va pouvoir retrouver une vie normale. Si tant est qu'il existe une vie normale en Haïti.

Le State University Hospital de Haïti n'est pas à proprement parler le meilleur endroit pour subir une opération chirurgicale, et le terme subir prend ici tout son sens. Le lieu ressemble plus à une prison délabrée qu'à un centre hospitalier. Les sols sont craquelés, les murs vert pâle donnent la nausée, et les longs bancs en bois sur lesquels se serrent des patients résignés montrent à quel point le pays est en déliquescence.

Céline enlève ses gants et les jette dans la grande poubelle qui sert de dépotoir à un peu tout le monde. Elle ôte son calot bleu clair, ses cheveux blonds en chignon encore marqués par la forme de la coiffe. Toujours affublée de sa blouse opératoire, elle se lave abondamment les mains. Par habitude. Pour se débarrasser de la misère environnante. Pour se rassurer. Elle est loin de son service ultramoderne du Val-de-Grâce. Celle qu'à Paris on appelle « professeure » ou « colonelle » n'est ici que Céline. Un chirurgien parmi d'autres.

Ce n'est pas sa première mission avec Chirurgiens sans frontières. Elle en est à son troisième séjour sur ce bout d'île qui a tout pour être un paradis mais qui n'est qu'un enfer sur terre. Les Duvalier, les tontons macoutes, les tremblements de terre, la corruption, les gangs criminels, rien n'a été épargné à ce petit pays des Caraïbes. Ici, l'État ne contrôle rien. Ce sont les criminels qui font la loi. Leur loi. La loi du plus féroce. La loi du plus sauvage. Par chance, les ONG sont encore tolérées, les renforts que constituent les médecins de toutes spécialités donnent une dernière bouffée d'oxygène à un système de santé au bord de l'effondrement.

Dans la pièce qui fait office à la fois de vestiaire et de salle de repos, Paul Lindmann est en train lui aussi de décompresser. Le patron de la mission locale de Chirurgiens sans frontières est exténué. Il porte des marques de sang sur sa blouse, composant un sordide archipel de taches sombres sur le fond vert du vêtement médical. Ses lunettes sont une nouvelle fois tombées sur le bout de son nez, et le chirurgien a cessé de tenter de les remonter en vain. Il s'asseoit lourdement sur une des chaises autour de la table, avant de s'enquérir de l'état de sa collègue :

— Alors ? Bien passé ?

— Oui, la gamine va bien. Elle a eu de la chance que sa grand-mère nous l'ait amenée. Son père a tenté de soigner son appendicite avec le vaudou. Trois jours dans la fumée des plantes locales.

— Je suppose que ça n'a pas été très efficace, ironise Paul.

— Non, pas vraiment. Péritonite aiguë avec perforation de l'intestin. À trois heures près, elle était perdue.

— Bon. Tu as bien mérité notre bière du soir.

— Tu veux dire nos bières ?

Paul Lindmann se relève en souriant, tandis que Céline ôte sa blouse opératoire pour se retrouver, sans aucune pudeur, en sous-vêtements au milieu de la pièce. Elle se change rapidement en enfilant un jean et une paire de baskets. Elle est pressée d'aller retrouver Jinau, son chauffeur. Comme chaque jour depuis qu'elle est arrivée, il l'attend devant l'hôpital. Sagement assis au volant du 4×4 cabossé mis à disposition par l'ONG. À l'arrière, un autocollant, presque totalement effacé par le temps, laisse entrevoir un semblant de drapeau haïtien, témoignage silencieux de la fierté de ce pays désormais exsangue.

Céline aime bien Jinau. Un gamin né dans un berceau sur lequel aucune fée n'a pris le temps de se pencher. Ce jeune Haïtien est plein de qualités : souriant, disponible, débrouillard, il accompagne la chirurgienne depuis qu'elle a atterri à Port-au-Prince. Du haut de ses presque cinquante ans, Céline pourrait être sa mère. Mais elle lui parle comme à un ami. Sans condescendance. Parce que c'est rassurant d'avoir quelqu'un à qui parler quand on est loin de chez soi.

Il ne faut pas traîner dans les rues en cette fin de journée. Les gangs contrôlent les allées et venues, rackettent les voitures, s'en prennent à tout le monde. Jinau connaît la consigne : aller le plus rapidement possible et sans s'arrêter jusqu'à l'hôtel Marriott. À peine Céline est-elle montée dans le véhicule que son conducteur démarre. Il verrouille la fermeture centralisée et s'engage dans une circulation dense et chaotique, comme à chaque heure de la journée ici. De chaque côté de la rue, on aperçoit des bâtiments endommagés devant lesquels s'agitent des vendeurs à la sauvette. On y trouve des bouteilles d'une eau qui n'a rien de minéral, des bonbonnes de gaz, des cigarettes de contrebande, des fruits. Céline est morte de faim mais elle n'a aucune envie de s'arrêter faire des courses, elle attendra de rejoindre son hôtel et son restaurant à l'européenne.

Comme chaque soir, Jinau est intarissable. Il parle de tout. Trop. Tout en restant concentré sur sa conduite. La chirurgienne s'accroche à la poignée de sa porte et contrebalance les nids-de-poule comme un motard le ferait dans le panier d'un side-car. Le 4×4 passe l'avenue Carpois, devant l'ambassade de France, puis tourne à gauche pour remonter l'avenue Jean-Paul-II, une des artères principales de la ville. L'hôtel Marriott est au bout. Dix minutes maximum.

Chaque rue est un dédale d'étalages, de piétons, de chèvres errantes et d'enfants jouant avec ce qui leur tombe sous la main. Les klaxons rythment le croisement des voitures toutes plus abîmées les unes que les autres. Perdue dans ses pensées, Céline revient à la réalité quand Jinau tourne brusquement sur la gauche, quelques mètres avant le croisement de l'avenue Summer. Il traverse ce qui ressemble à un trottoir, manquant de renverser une femme et son caddie, pour entrer dans un immense terrain vague. Céline se tourne vers lui :

— Qu'est-ce qui se passe ?

— Une voiture, derrière nous. Elle nous suit depuis l'hôpital.

La femme se retourne brusquement, pour voir ce qui se passe. Derrière eux, un utilitaire clair, qui ressemble à une ambulance, s'engouffre à son tour dans le terrain accidenté. Elle se tourne vers son conducteur :

— Fonce ! Vite !

Contre toute attente, le jeune homme pile, dans un nuage de poussière et un bruit de pneus. En quelques secondes, l'ambulance est à la hauteur de la porte passager du 4×4. Céline vocifère :

— Qu'est-ce que tu fous ?! On s'arrache de là ! Vite !

Dans les yeux de Jinau, il n'y a plus rien de rassurant. Il saisit la chirurgienne par le col :

— Tu bouges pas ! Tu bouges pas !

Céline se dégage de l'emprise du jeune homme et actionne la poignée de la portière pour s'enfuir. Aucune réaction. La fermeture centralisée est toujours enclenchée. Tant bien que mal, elle parvient à appuyer sur le bouton de verrouillage et pousse enfin la porte qui lui semble peser une tonne.

À peine est-elle descendue du 4×4 qu'un homme la saisit par les épaules. Il est sorti de l'ambulance pour couper sa fuite. Les cours de self-defense de son stage commando sont loin, mais Céline garde de bons réflexes. Elle frappe le visage de son agresseur avec son coude et lui assène un coup de genou entre les jambes. L'homme relâche son étreinte. Elle parvient à se dégager quand elle sent une autre emprise. Jinau est descendu de leur voiture et la ceinture par l'arrière, tandis qu'un troisième homme a ouvert la porte latérale de l'ambulance.

Jinau la pousse vers la porte grande ouverte du véhicule. Céline sent son corps se vider de sa chaleur. Elle essaye de croiser le regard de son jeune conducteur, pour l'implorer de l'aider, mais ce n'est plus un ami. Ses mâchoires sont crispées, et il essaye de la forcer à rentrer dans l'ambulance. Elle voudrait crier, pour appeler à l'aide. Mais aucun son ne parvient à sortir de sa bouche. Sa tête lui ordonne de hurler pour sauver sa vie, mais son corps a décidé de désobéir. Plus rien ne répond. La cataplexie vient d'inhiber ses actions, comme un animal effrayé devant les phares d'une voiture qui a compris qu'il va mourir mais qui ne peut plus bouger.

L'homme dans l'ambulance agrippe son bras. Jinau est derrière elle et la pousse vers l'intérieur tout en saisissant son cou avec sa main. Céline se retrouve dans le véhicule. Elle perçoit juste une sensation de chaleur le long de sa cuisse. Elle réalise qu'elle est en train d'uriner dans son pantalon, sans pouvoir contrôler quoi que ce soit. Le bruit de la porte coulissante qui se referme, et l'ambulance qui démarre en trombe. Qu'est-ce qui se passe ? Qui sont ces hommes ? Pourquoi Jinau lui a fait ça ? Pourquoi elle ?

Céline se sent écrasée, tout à coup, comme si ses membres s'étaient brutalement alourdis. Comme si on l'avait enveloppée dans de la ouate. Elle n'entend plus les bruits autour d'elle. Elle voit la seringue que l'homme vient de lui planter dans la cuisse, mais aucune douleur ne se fait sentir. Aucune sensation désagréable. Juste une énorme vague de chaleur qui l'envahit. Et sa vision qui se brouille. Doucement. Jusqu'à l'évanouissement. Rideau.

Chapitre 3

Paris.

Le jour est à peine levé quand la voiture du juge Lombard arrive sur le parvis du tribunal de Paris. Le XVIIe arrondissement de la capitale est déjà en effervescence. La DS9 électrique s'arrête sans bruit devant l'immense cathédrale de verre qui domine le nord de la ville. Plus moderne que le palais de justice de l'île de la Cité. Plus efficace, certainement. Moins chaleureux, à n'en pas douter.

Faire partie des juges de la galerie Saint-Éloi n'est pas une sinécure. Même s'ils ne sont plus situés dans ce célèbre couloir de l'ancien palais de justice, c'est toujours comme ça que l'on appelle les juges de l'instruction antiterroriste. Et le juge Pierre-Antoine Lombard est du genre à aimer les traditions. Cet homme discret, par la taille et par l'apparence, a envoyé derrière les barreaux tellement d'assassins et autres criminels qu'une prison entière pourrait porter son nom.

Sans regarder autour de lui, le juge sort de sa voiture et file d'un pas quasi militaire vers la porte principale du tribunal. À l'entrée, les contrôles de sécurité s'appliquent sans distinction. Draconiens. Le juge pose son cartable sur le tapis roulant du système de contrôle à rayons X, et montre son badge à l'agent qui lui sourit en le laissant passer sous le portique avant de récupérer son sac.

Le hall de l'immense bâtiment est aussi impressionnant que sa structure extérieure. Dans ce lieu à mi-chemin entre l'aéroport international et le musée d'art moderne, on traite de tout ce qui concerne la justice. Pierre-Antoine Lombard traverse le hall sans traîner pour atteindre la batterie d'ascenseurs qui va le mener à son bureau, dans les étages. À cette heure, il n'y a pas grand monde dans les couloirs. Un autre portique de sécurité, un geste à l'agent de contrôle qui scrute chaque passage, et le voilà dans son antre.

À peine s'est-il assis que le juge d'instruction observe autour de lui le paradoxe de son quotidien : la grande modernité de son bureau contraste avec l'archaïsme des dossiers en carton et des chemises en papier qui s'entassent sur la table de travail dans un coin de la pièce. Des noms. Des victimes. Des salauds. Des innocents. Des vies brisées racontées en quelques lignes.

Quelqu'un ouvre la lourde porte insonorisée pour passer la tête dans le bureau du juge :

— Salut Pierre-Antoine.

Le juge Alain N'Guyen entre dans la pièce avec deux gobelets en carton dans la main droite. Fumants. Deux cafés chauds pour commencer une journée qui se terminera tard. Comme toutes les autres.

— Tu dois avoir quelque chose à me demander pour venir m'apporter un café.

— Comment peux-tu imaginer ça ? répond N'Guyen en riant.

L'homme s'assoit en face de son collègue dans l'un des fauteuils d'appoint. Le juge N'Guyen est chez lui dans chacun de ces bureaux. Ancien chef de la section antiterroriste du parquet de Paris, il traite des dossiers de ce secteur depuis plus de dix ans. Lombard et lui se connaissent par cœur. Et ils s'apprécient. Francs et directs.

— Alors, que va me coûter ce café ? lâche Pierre-Antoine.

— Rien. Pour l'instant. Mais le dossier Louchenko est emmerdant. Très emmerdant. Louchenko est en taule depuis deux ans, et ça bouge beaucoup autour de son dossier. Je reçois trois coups de fil par jour pour savoir quand on va le remettre en liberté.

Le juge Lombard acquiesce d'un mouvement de tête en s'adressant à son collègue :

— Louchenko est aussi brillant qu'il est barbare. Il finance des criminels et des terroristes partout dans le monde. C'est le pire de tous les fumiers que j'ai eu à traiter dans ma carrière. Et tu sais que j'en ai vu de sacrément dingues. Mais lui, c'est le haut du panier. Je le tiens, je le garde.

— Je sais que tout ce que tu fais est dans le cadre du droit. De la loi. Je soutiendrai tes ordonnances quoi qu'il arrive. Mais en tant que patron et surtout ami, je me dois juste de te rappeler d'être prudent.

— Qui t'appelle trois fois par jour ?

— Ce n'est pas ton problème. Mon job est de t'épargner ces coups de fil. Le tien est de me garantir qu'on ne va pas prendre un retour de flamme.

Pierre-Antoine Lombard se penche en arrière, faisant doucement basculer son fauteuil. Le juge N'Guyen poursuit :

— Ton unique témoin est dans le coma. Incapable de se souvenir de quoi que ce soit. Et donc de témoigner. On arrive au bout des délais légaux de détention provisoire. Si ton témoin n'est pas en mesure de confirmer ses premières déclarations, il faudra relâcher Milo Louchenko.

Pierre-Antoine Lombard se lève, et regarde au loin, à travers l'immense paroi vitrée.

— Tu sais ce que j'aime dans la statue qui représente la justice ?

— Les yeux bandés ? répond N'Guyen.

— Exactement. Elle ne regarde pas le rang social, la richesse, les soutiens de celles et ceux qu'elle juge. Alors, je n'en ai rien à foutre des coups de fil que tu reçois. Le dossier que j'ai est solide. Les rapports de la division T7 de la DGSI me confirment que Milo Louchenko mérite de finir en prison. Mon témoin est dans le coma, mais elle n'est pas morte. Nous attendons une dernière opération chirurgicale qui va la remettre sur pied.

Le juge N'Guyen se lève et jette son gobelet en carton dans la poubelle, sous le bureau. Les deux hommes se sourient, N'Guyen se dirige vers la porte et se retourne :

— Fais gaffe, Pierre-Antoine. C'est un dossier casse-gueule. Sans ton témoin, tu n'as rien de solide. J'aimerais bien que tu prennes ma place dans quelque temps. Alors, sois prudent.

Chapitre 4

Paris.

Entre deux averses, le soleil d'hiver inonde la capitale. Suffisamment pour redonner le moral aux passants engoncés dans leurs manteaux trop serrés. Dans la rue des Canettes, un bistrot au store déployé offre un maigre refuge pour les fumeurs qui ne peuvent s'empêcher de venir gorger leurs poumons de nicotine. Les voix des clients se mêlent aux bruits de la vie parisienne, des magasins qui relèvent leurs grilles et des camions de livraison qui encombrent déjà une partie des trottoirs.

Installé contre l'une des fenêtres du bar, le commissaire Marc Brama est assis depuis quelques minutes. Il balaye du regard la rue animée, l'entrée de l'établissement et la salle encombrée des buveurs d'un café matinal cher mais chaud. Un regard de flic. Aux aguets. À chaque instant. Il essaye de ne pas toujours voir le mauvais côté des choses, mais peut-on vraiment y parvenir quand on traîne ses basques dans la police depuis si longtemps ? Un homme au comptoir fuit le regard, qu'est-ce qu'il prépare ? Un sale coup ? Ou est-il simplement timide ? Gêné ? Alcoolisé ? Un autre porte la main à la poche de son blouson. On dirait qu'elle cache un objet lourd. Une arme ? Un trousseau de clés ? La porte de l'établissement s'ouvre, laissant s'engouffrer un courant d'air froid, et Stan Monville, qui pénètre à son tour dans le bar.

Marc et Stan se connaissent depuis toujours. Ils ont partagé les bancs de l'école des officiers de police, et ont travaillé ensemble au RAID. Marc y était chef de la section d'intervention, Stan y était négociateur de crise. Leurs chemins ont divergé depuis, mais pas leur amitié.

Marc se lève pour embrasser Stan. C'est amusant de voir à quel point tous les anciens de ces groupes d'élite aiment s'embrasser quand ils se retrouvent. Comme on le fait dans une fraternité. Une fraternité d'armes. Les deux hommes s'installent autour de la table bancale et exiguë.

— Comment va mon négo préféré ? Il s'éclate dans le privé ? lâche, ironique, le commissaire.

— Plutôt, oui. Et comment va le grand patron de la division T7 de la DGSI ? Il s'éclate dans l'administration ?

— On bosse, on bosse. Tu connais la musique.

— Je crois comprendre que tes équipes ne chôment pas. Pourquoi ce rendez-vous dans l'urgence ?

Stan est direct. C'est son style. Rien qui ne choque le commissaire à qui ce mode de fonctionnement convient parfaitement.

— Si je te disais que j'avais envie de boire un café avec toi, tu ne me croirais pas ?

— Pas après ton SMS d'hier soir.

— Tu as entendu parler de Milo Louchenko ? interroge Marc.

Le commissaire aime aller droit au but. Pour traquer et neutraliser les terroristes, on n'y va pas par quatre chemins.

— Oui, répond laconiquement Stan. Trafiquant. Meurtrier. Proxénète. Entre autres.

Marc expire puis prend son souffle. Comme quand on annonce une mauvaise nouvelle.

— Il est à la prison de la Santé depuis presque deux ans. Le juge Lombard a réussi à le faire interpeller lors d'un de ses rares passages en France.

— Coup de bol ?

— Coup de maître. Le juge a réussi à retourner l'ex-femme de Louchenko, qui est aussi son ex-associée. Elle a promis de tout balancer sur les affaires de Louchenko en échange d'une immunité et d'une protection. Il finance de près ou de loin toutes les actions terroristes qui peuvent permettre à ses amis du gouvernement russe de déstabiliser les pays qu'ils ne considèrent pas comme amicaux à leur endroit. Et si en plus cela lui permet de s'en mettre plein les poches en rançonnant et en extorquant, il ne s'en prive pas.

Marc fixe le négociateur dans les yeux. Stan sonde aussi son regard. Et interroge :

— Qu'est-ce que je viens faire là-dedans ?

— On a merdé pour la protection. Madame Orasca ex-Louchenko a pris une baguette en bois en plein dans son joli œil bleu il y a six mois. Cerveau endommagé. Elle a subi deux opérations critiques. Les résultats sont encourageants, mais il en manque encore une pour qu'elle retrouve l'usage de la parole. Et la mémoire.

Stan regarde Marc, amusé.

— Tu veux que je l'opère ?

Marc sourit.

— Non. Il y a trois chirurgiens dans le monde capables de réaliser une telle opération sans la tuer, et tu n'es pas sur la liste. Il y a un Russe, un Coréen, et un Français. Ou plutôt une Française. Une chirurgienne militaire du Val-de-Grâce. C'est elle qui a opéré Elena Louchenko les deux premières fois. Manque de chance, elle vient de se faire enlever en Haïti.

— C'est pas de bol, ça.

Marc sourit encore. Mais son sourire n'est pas totalement amusé. Il est gêné. Contraint. Stan sait parfaitement que si son ami l'a sollicité pour le voir dès que possible, c'est qu'il y a quelque chose qui coince. Il investigue :

— Les services français peuvent s'en occuper. Haïti est une zone sur laquelle vous avez l'habitude d'intervenir, non ?

— Oui, mais pas sur ce cas. L'État français ne veut pas s'impliquer. Surtout pas.

— Vous craignez que la France soit envahie par l'armée haïtienne s'ils s'aperçoivent que vous pratiquez une ingérence sur leur sol ?

Un chat qui joue avec une souris. C'est exactement ce que fait Stan avec son humour acide. Marc doit clarifier :

— La société de M. Louchenko nous rend quelques services. Il fait des choses que nous ne pourrions pas faire nous-mêmes. Alors tu comprendras que nous ne pouvons pas apparaître comme ceux qui souhaitent le garder en prison.

— Cela veut dire qu'il a des infos compromettantes vous concernant.

— Possible. Probable. Il a des informations compromettantes sur pas mal de monde dans la politique et au sein du gouvernement. S'il est libéré, c'est un problème. Un gros problème. Le fait qu'il reste en prison nous arrange : on le maintient sous notre contrôle, mais il peut toujours nous aider. On met ça sur le dos de l'incorruptible juge Lombard. Et si nous pouvons en plus récupérer la liste de ses clients et de ses contacts en France quand son ex aura parlé, c'est un bonus non négligeable.

Stan connaît ces briefings qui ne disent pas leur nom. Marc est clairement venu lui confier une mission.

— Tu sais que je ne travaille plus pour l'État français. Je suis sûr que vous avez dans vos réseaux des professionnels qui vont pouvoir vous aider.

— Non, sur ce coup-là, c'est toi qu'il nous faut.

— Pourquoi donc ?

— Parce que tu connais l'otage. Il s'agit de la colonelle Céline Cluzel.

La respiration du négociateur se bloque. Son rythme cardiaque s'accélère. Il ne doit pas montrer de réaction. Garder son sang-froid. Mais Marc est un professionnel, il sait qu'il a touché juste.

— Tu l'as rencontrée en Afghanistan. En 1993, si je ne me trompe pas.

— Oui. Je marche grâce à elle. Je suis étonné que vous ayez tout ça dans mon dossier.

— Ton passé militaire fait partie des archives que nous avons chez nous, tu sais.

Le commissaire se rapproche de Stan en baissant légèrement le ton de sa voix :

— Écoute, je sais qu'il n'y a pas eu qu'une relation de médecin à patient entre elle et toi. Tu la connais, elle te connaît, elle te fait confiance. Il n'y a que toi pour mener cette négociation le plus vite possible. On n'a plus beaucoup de temps. Trois semaines. Un mois maximum. Si la colonelle Cluzel n'opère pas Elena Louchenko rapidement, le juge Lombard perd son témoin, autant dire toute son instruction. Nous sommes au bout de la durée légale de détention provisoire. Avec toutes les pressions que nous subissons et avec ses avocats, qui sont les meilleurs de la place de Paris, Milo Louchenko sera libéré. On ne peut pas se le permettre.

— Pourquoi vous ne le faites pas disparaître ? Ce ne serait pas le premier.

— Pendant un moment, nous y avons pensé. Mais on ne sait pas où iront les dossiers qu'il détient s'il venait à glisser sur une peau de banane dans sa cellule.

— L'accident bête, ironise Stan.

Le négociateur se rapproche à son tour du commissaire.

— Tu sais quoi ? J'ai vraiment l'impression que vous avez merdé avec Louchenko. Sinon, tu ne serais ni aussi stressé ni aussi pressé de récupérer Céline.

Marc ne répond pas. Le négociateur continue :

— Je vais accepter cette mission. Je veux des moyens illimités, accès à toutes les informations nécessaires, et des passeports diplomatiques pour moi et toute mon équipe. Évidemment, il me faut un avion disponible pour Haïti dès demain matin.

— Ton correspondant sera Martha Hall. C'est mon adjointe. Elle te fournira tout ce que tu voudras. Je t'envoie son numéro sur Signal. Tu bosses toujours avec Moïse ?

— Toujours. Moïse, Nathalie. Entre autres...

Stan se lève pour remettre sa veste. Marc, toujours assis, se hasarde à une question personnelle.

— Je ne te demande pas de nouvelles d'Elia. Je sais que c'est compliqué.

— Oui. Elle est partie depuis pas mal de temps. Je n'ai pas de nouvelles.

— Et Lara ? Comment vit-elle tout ça ?

— C'est ma fille. Elle s'adapte à tout. Mais tu as déjà les réponses à toutes ces questions, non ? La DGSI garde un œil sur moi et mon entourage, alors je ne doute pas que tu saches déjà tout ça.

Chapitre 5

Haïti.

Les bruits et les cahots de la route ne laissent aucun doute là-dessus. Céline est dans un camion. Sous un camion, plus exactement. Le vacarme des roues sur la chaussée est trop proche pour qu'elle soit à l'intérieur du véhicule, et trop fort pour que ce soit une voiture. Sa bouche est sèche depuis des heures, et l'odeur d'essence autour d'elle est insupportable. Elle a vomi deux fois, la puanteur de son vomi venant se mêler à tout le reste. Sa cuisse est endolorie, à l'endroit où on lui a fait l'injection qui l'a endormie.

Elle doit être dans une sorte de caisse. Elle sent des esquilles au bout de ses doigts. Du bois. Certainement. Impossible de bouger, ses mains sont attachées. La chaleur est insoutenable. La militaire respire, calmement, pour gérer la pression. Elle réfléchit. Elle fomente. Elle ne va pas se laisser faire. Quand on la laissera sortir de cette caisse puante et bruyante, elle compte bien se battre. Pour s'échapper.

Céline ne se rappelle que de quelques bribes des dernières minutes qu'elle a vécues avant de s'évanouir. Elle se revoit, à bord du 4×4, essayant d'échanger avec Jinau, sans vraiment comprendre son apathie soudaine. Jusqu'au moment où il a quitté la route pour s'enfoncer dans ce terrain vague. Pour l'enlever. La question la plus complexe qui taraude la chirurgienne depuis qu'elle s'est réveillée est pourtant simple : pourquoi elle ? Qu'est-ce qu'elle a fait pour se retrouver victime d'un de ces kidnappings qui défrayent chaque jour les chroniques haïtiennes ?

Les bruits ambiants viennent de changer comme si le véhicule était entré dans une zone urbaine, plus dense. On a quitté les routes de terre battue. Hormis la vision, tous les sens de Céline sont en alerte. Elle sent les odeurs qui vous prennent à la gorge. Elle entend les bruits d'une ville, la circulation. Le deux-tons d'une ambulance. Ou de la police.

Le véhicule s'arrête brutalement. Le statu quo est terminé, elle va peut-être en savoir un peu plus sur ce qu'elle fait là. Des bruits de portes, de verrous que l'on ouvre, et la caisse qui bouge. On la déplace. Céline sent son rythme cardiaque s'accélérer, sa respiration se raccourcir. Il faut qu'elle tente :

— Au secours ! Laissez-moi sortir ! Laissez-moi sortir !

Une voix gronde :

— Silence. Tais-toi !

C'est la voix de Jinau. Céline ne peut pas laisser passer l'occasion.

— Jinau ! Je t'en supplie ! laisse-moi sortir !

— Tais-toi ! répète sèchement le jeune homme.

Céline ne parvient plus à retenir ses larmes. Toute la tension du voyage qui s'exprime. Elle se sent trimballée comme une marchandise. L'odeur a changé. Des relents d'humidité ont remplacé l'odeur d'essence. Elle sent qu'on descend un long escalier. La température diminue un peu. Céline essaye de capter ce qui se passe autour d'elle. Elle entend des bruits métalliques. Une porte qu'on ouvre, et on la pose sur le sol.

Les hommes s'agitent, et quelqu'un force sur le couvercle en bois. La lumière apparaît. Pâle, froide, mais suffisante pour que Céline soit obligée de fermer les paupières. L'air frais dont elle emplit ses poumons est une renaissance. En gardant ses yeux plissés, elle inspire et expire plusieurs fois. Profondément. Peu à peu, elle commence à percevoir ce qui l'entoure.

Céline est dans une pièce éclairée par une seule lampe suspendue au plafond. Une lampe ronde, et une ampoule qui crache une lumière désagréable. Les murs ont l'air d'être en vieilles briques, mais la jeune femme est trop loin pour distinguer plus précisément. Autour d'elle, trois hommes se tiennent debout. L'un d'eux se penche vers elle et coupe les liens qui l'entravent au niveau des poignets et des chevilles. Céline voudrait leur parler, mais aucun son ne sort de sa bouche. Celui qui l'a libérée se redresse et semble quitter la pièce. Au fond, la chirurgienne reconnaît Jinau. L'homme qui se tient toujours au-dessus d'elle s'accroupit. Elle distingue mal son visage, à moitié caché sous une casquette. Il s'adresse à elle :

— Tu te lèves. Maintenant.

La voix est calme. L'accent créole est marqué. Céline commence à bouger ses membres, endoloris par des heures d'immobilité. Elle tourne la tête, et tente sa chance :

— Jinau ! Qu'est-ce qui se passe ?

L'homme reprend, toujours aussi calmement :

— Je suis Sterling. C'est à moi que tu parles. OK ? Ici, c'est chez toi maintenant. Tu te lèves.

Céline essaye de se redresser, son corps est meurtri. L'homme pose sa main contre le dos de la chirurgienne pour l'aider à se relever. Il prononce quelques mots, en créole. Jinau répond sobrement et se dirige vers ce qui semble être la porte. Céline l'apostrophe :

— Jinau ! S'il te plaît ! Dis-moi ce que je fais là, putain !

Sans se retourner, Jinau quitte la pièce. Et Sterling pose sa main sur l'épaule de Céline :

— Je t'ai dit. C'est à moi que tu parles.

Céline regarde autour d'elle. Elle commence à ressentir l'humidité et la fraîcheur de la pièce. Au fond se trouve un lit avec deux couvertures pliées. De l'autre côté, une cuvette de toilette et une table, sur laquelle se trouve une serviette. L'homme lui montre le lit :

— Là, tu dors. À côté, les toilettes. Pour pisser et tes besoins. À côté, le robinet d'eau. Tu bois et tu te laves. OK ?

Les sanglots montent doucement dans la gorge de Céline. Elle commence à pleurer. La douleur qu'elle ressent est de plus en plus forte, et ses jambes tremblent. De froid. De peur. De se retrouver dans ce cloaque. Elle qui voulait se battre quand elle serait libérée peut à peine lever les yeux.

— Tu restes là, et tu pleures pas. Pas de bruit, non plus. Tu fais du bruit, tu cries, tu manges pas. Comme tu aimes bien Jinau, c'est lui qui va s'occuper de toi. OK ?

L'homme se dirige vers la sortie de la pièce. Céline entend un bruit sourd, une porte que l'on ferme. Un verrou qui glisse. Et la voix de Sterling :

— Maintenant, tu te laves ! Tu pues !

Chapitre 6

Londres.

— *Police ! Ne bougez pas ! M. Waldorff, vous êtes en état d'arrestation pour complicité d'assassinats et pour association à une organisation terroriste en vue de commettre des crimes contre l'humanité.*

Rien que ça. Allongé sur son lit grinçant, l'ex-capitaine Philip Waldorff revit la scène de son arrestation à l'aéroport d'Heathrow, deux ans plus tôt. Allongé sur le sol. Des armes braquées sur lui. Les menottes dans le dos. Il rumine. Il ressasse. Il réinvente le passé. Pourtant, tout était écrit, lisible, anticipable. Mais il n'a rien vu venir. Jusqu'à sa chute. Brutale.

Les regrets ne servent à rien. Philip ne le sait que trop. Pourtant, une amère boule au ventre l'empêche de dormir depuis des mois. Tant pis pour l'argent. Cet ancien SAS n'aurait pas dû trahir ses valeurs. Celles de son régiment. Mais un train de vie dispendieux et une maîtresse aux goûts de luxe ont vite fait de vous faire oublier la limite entre le bien et le mal.

L'ex-officier n'est plus en grande forme, la faute au régime carcéral draconien et à la mauvaise cantine de la prison de haute sécurité de Belmarsh. Élancé, cheveux courts, yeux bleus, il a pourtant gardé le look typique d'un représentant de l'armée de Sa Majesté. Cela fait maintenant dix-huit mois qu'il croupit dans cette cellule, et son avocat lui a annoncé qu'il irait bientôt en France pour une confrontation. Enfin. Il va pouvoir libérer sa conscience, autrement que sur un bout de papier. Les yeux dans les yeux.

Il entend un bruit de clé dans la serrure de la lourde porte. Devant la petite lucarne protégée par un bout de grillage, un gardien apparaît :

— Waldorff ! Extraction ! Audition chez le juge !

Il ne faut pas plus de dix minutes au détenu pour se retrouver dans un fourgon cellulaire. Sale. Froid. Désagréable. Des banquettes en métal. Des fenêtres grillagées. Mais bien-être et confort ne sont pas les priorités du His Majesty's Prison Service britannique. Le véhicule sort lentement de l'enceinte du centre de détention pour prendre la route qui mène au cœur de Londres. À l'intérieur, Philip Waldorff est secoué à chaque nid-de-poule de cette mauvaise route anglaise…

Déjà quinze minutes que le trajet tire en longueur. Dans la cabine, à l'avant, un cri brise la monotonie et fait sursauter le surveillant. Puis un crissement de pneus. Jusqu'au choc. Violent. Le véhicule bascule brusquement et vient s'écraser sur son côté droit, dans un fracas de verre et de métal. Waldorff est projeté contre une fenêtre, les barreaux viennent s'enfoncer dans son dos et dans ses reins. Les menottes qui le relient à sa banquette lui tranchent les poignets. Le gardien, lui, s'est écrasé contre la paroi. Inconscient. On dirait une marionnette jetée par un enfant dans un coin de sa chambre. Un filet de sang commence à couler de son nez.

Un long silence. Des secondes interminables depuis ce qui semble être un accident. Avant trois détonations sèches, rythmées, typiques d'un pistolet-mitrailleur. Comme les trois coups au théâtre. Le rideau va s'ouvrir.

Une explosion, sourde, arrache la porte du fourgon comme on ôterait le couvercle d'une boîte de conserve. Un homme, en tenue noire d'intervention, apparaît dans la lumière matinale. Il porte une cagoule et des lunettes de protection. Sans dire un mot, il braque son pistolet automatique vers le gardien. Puis, constatant qu'il n'est pas un problème, il range son arme dans son étui de cuisse et se saisit de la pince qu'il porte dans son dos. En quelques secondes, il coupe la chaîne qui retient Philip Waldorff à son siège et l'attrape par le bras pour le sortir du véhicule. Dehors, la fumée de l'explosif flotte encore dans l'air, rajoutant son voile à la brume matinale. Deux autres hommes, armés et équipés comme le premier, figent la situation et scrutent la route le long de laquelle le fourgon cellulaire s'est échoué.

Un véhicule utilitaire de couleur claire arrive en trombe, conduit par un quatrième complice. La porte latérale s'ouvre, et l'ex-officier des SAS est propulsé à l'intérieur sans ménagement, immédiatement suivi par le reste du commando.

Philip Waldorff commence à réaliser ce qui s'est passé. Une opération militaire, précise et efficace. Une minute, peut-être deux. Pas plus. L'ex-officier relève la tête pour voir les hommes qui l'ont exfiltré. Ils sont encore aux aguets, scrutant par la vitre arrière une éventuelle poursuite. C'est en reprenant son souffle que Philip prend conscience de la douleur qui lui perce la poitrine. Il a au moins une côte cassée, et certainement un poumon perforé. Il a du mal à respirer, la souffrance est vive. Mais ce n'est pas très grave. Il est libre, c'est tout ce qui compte.

Au volant, le conducteur arrache sa cagoule pour ne pas attirer l'attention. Le véhicule ne roule pas trop vite et s'insère discrètement dans le flux des voitures qui amènent les milliers de banlieusards vers le centre de Londres. Allongé sur le sol, Waldorff observe ce qu'il peut du paysage par la fenêtre arrière. Il aperçoit des lampadaires d'éclairage public et le ciel. Il tente de s'asseoir mais sa côte cassée l'empêche de faire tout mouvement. Au-dehors, les arbres ont remplacé le ciel. Le véhicule est vraisemblablement entré dans une zone boisée. Certainement pour changer de voiture. Normal, il faut brouiller les pistes.

Quelques minutes encore et Philip sent que l'utilitaire ralentit. Avant de stopper définitivement. À l'intérieur, les trois hommes enlèvent leurs cagoules. Tout danger semble écarté. L'un d'eux actionne la porte coulissante qui grince en s'ouvrant. Il sort dans ce qui ressemble à un sous-bois, suivi immédiatement par ses deux complices, et le conducteur qui a quitté son siège. Waldorff les voit enlever leurs cagoules. Plus simple pour respirer. L'ex-SAS s'adresse à eux :

— Merci, les gars !

Pas de réponse. Philip n'a pas oublié qu'il faut quelques minutes pour passer du stress de l'action à la sérénité du retour au calme. À l'extérieur, les hommes commencent à parler, quelques bribes de phrases arrivent aux oreilles de l'ancien militaire. Il essaye de comprendre ce qu'ils disent, pour parvenir à la seule chose qui soit certaine pour lui : ceux qui l'ont sauvé ne sont pas anglais.

Avant qu'il n'ait pu ouvrir la bouche pour leur demander de venir le sortir du fourgon, un des hommes passe la porte et l'empoigne par l'épaule pour le tirer vers l'extérieur. Au lieu de l'aider à se redresser, il le jette au sol comme on le ferait avec un sac de gravats qu'on voudrait amener à la décharge. Philip s'écrase par terre et hurle de douleur en sentant sa côte fracturée s'enfoncer un peu plus dans son torse. L'ex-officier se retrouve le nez dans les feuilles. L'odeur d'humus est forte, l'humidité exhale les parfums du sous-bois. Un des quatre hommes s'approche de Waldorff et s'accroupit devant lui :

— On a un message.

La voix est grave, marquée par un fort accent slave. Philip tousse, chaque inspiration d'air glacé est une torture. Il parvient malgré tout à répondre à celui qui est devant lui :

— Quel message ?

L'homme se redresse et lâche :

— C'est toi, le message.

Alors que celui qui vient de lui parler s'éloigne, deux autres opérateurs se dirigent vers l'ex-capitaine. Ils le saisissent chacun par un bras et le relèvent sans aucun ménagement. Philip crie de douleur, mais rien ne semble les émouvoir.

— Il a demandé que tu subisses le supplice des traîtres.

Philip est traîné sur le sol, il tente d'échapper à l'emprise des deux sbires qui le contraignent, mais la douleur est trop forte, chaque geste paraît lui arracher une partie de la poitrine. Il interroge l'homme qui s'est adressé à lui.

— Qui ? Qui a demandé ça ?

Celui qui semble diriger toute l'équipe revient vers lui, et se penche pour murmurer à son oreille.

— Milo. Il t'envoie son bon souvenir.

Waldorff aperçoit un troisième larron, au fond, accrocher à une branche un énorme croc de boucher. La pièce de métal brille malgré l'ombre du feuillage, les rares rayons du soleil se reflètent sur le chrome. L'ex-capitaine sent qu'on le soulève. Il remue les jambes, tente de se débattre, mais ses mains sont encore entravées par les menottes. Peu importe la douleur désormais, c'est une question de vie ou de mort.

Ce sera la mort. En un instant, les deux hommes qui le maintiennent positionnent son visage devant la pointe acérée du croc, qui balance doucement d'avant en arrière. Sans sourciller, ils lèvent et relâchent brutalement Philip, laissant la pièce de métal s'enfoncer sous son menton. Le bruit de craquement indique que la pointe de l'esse vient de perforer sa mâchoire. Son palais. Profondément. L'ex-SAS pend désormais de tout son poids. Comme un bœuf dans un abattoir. La douleur dans sa bouche est insupportable. Il remue encore, et sent le froid du métal s'enfoncer encore plus dans sa boîte crânienne. Le goût de l'hémoglobine envahit sa bouche, sa gorge. Il essaye de respirer mais chaque inspiration lui fait avaler son sang. Il s'étouffe. Se noie. Face à lui, il entend qu'on ricane. On observe l'agonie. Requiem pour un traître.

Chapitre 7

Paris.

Les robes noires des avocats virevoltent dans les couloirs, dans les antichambres, et dans les bureaux des juges. Comme un ballet de derviches tourneurs, les hommes et les femmes de loi entrent et sortent des bureaux au rythme effréné d'un rendez-vous toutes les trente minutes. Cette chorégraphie bien réglée donne à la justice un air d'opéra, comique ou dramatique, selon le côté du bureau duquel on se trouve. À l'étage de l'instruction antiterroriste, le ballet est plus lent. Les avocats moins nombreux. Mais les dossiers sont plus lourds. Plus tragiques. Plus médiatiques, aussi.

Il n'est pas encore 10 heures quand on frappe à la porte du juge Lombard. C'est sa greffière principale qui annonce une arrivée.

— M. le juge, l'escorte du RAID vient d'entrer dans le parking sécurisé. Et l'avocat de M. Louchenko est déjà dans votre salle d'attente.

— Merci. Faites monter les gens du RAID directement. Et faites entrer maître Pisani quand ils seront là.

— Bien, M. le juge.

Il ne faut pas moins de cinq minutes pour qu'un officier du groupe d'intervention frappe à la porte et entre dans le bureau. L'homme est immédiatement suivi de deux opérateurs, intégralement équipés, cagoulés, escortant une troisième personne. Le juge se lève de son fauteuil :

— Merci messieurs. Vous pouvez démenotter M. Louchenko.

Sans dire un mot, l'officier ouvre les menottes et fait un pas en arrière. Derrière eux pénètre dans le bureau un homme en robe noire. Grand. Élancé. Il s'agit de maître Dominique Pisani. Le juge invite le prévenu à s'asseoir d'un geste de la main, et prend congé des policiers.

— Merci à vous, je vous prie de nous laisser.

— Bien, M. le juge. Si vous avez besoin de nous, nous sommes dans le vestibule.

— Je suis persuadé que M. Louchenko n'a ni l'intention de me sauter dessus ni la volonté de se jeter du vingt-huitième étage de ce bâtiment.

Puis, en s'adressant à l'avocat :

— Maître, je vous en prie, prenez un siège.

Sans bruit, les policiers du RAID quittent la pièce. L'avocat s'assoit à proximité de son client. Pierre-Antoine Lombard s'installe à son tour dans son fauteuil, et fixe le prévenu dans les yeux.

— Bonjour, M. Louchenko.

— Bonjour, M. le juge, répond le prévenu dans un français agrémenté d'une légère pointe d'accent russe.

— Je ne vous demande pas comment vous vous portez depuis votre dernière comparution devant moi, ce n'est pas une discussion de salon.

— J'apprécie que vous soyez direct, lâche laconiquement Louchenko.

L'homme assis devant le juge a de la superbe. Les longs mois de prison qu'il vient de passer n'ont pas l'air de l'avoir ébranlé. Longiligne, la quarantaine sportive, il est habillé d'un costume bleu de couturier et d'une chemise blanche parfaitement repassée. Son visage est fin, ses cheveux sont grisonnants et coupés court. Il porte une barbe de quelques jours, mais pas une barbe de prisonnier : la sienne est taillée, propre. Les seuls ornements qu'il arbore sont les tatouages qu'il a sur les mains et sur les doigts. Des lettres. Des symboles. La marque de la Bratva, la fratrie des criminels russes.

Face à lui, le juge Lombard lui ressemble, étonnamment. Hormis la barbe et les tatouages, il serait difficile de les distinguer pour quelqu'un qui les observerait à quelques mètres.

— Maître Pisani. Je suis sûr que vous avez des choses à me dire.

L'avocat est un homme sûr de lui. Charismatique. Captivant. Éloquent. Sa verve fait souvent mouche, ses plaidoiries tranchent. Le juge le connaît de longue date. Dire qu'ils s'apprécient serait exagéré, mais les deux hommes se respectent.

— Effectivement, M. le juge. J'exige la remise en liberté immédiate de mon client. Il n'a rien à voir avec les faits qui lui sont reprochés. Il est inadmissible qu'il soit encore sous les verrous. Je dirais même intolérable.

Le ton de maître Pisani est inhabituel. Le juge répond calmement.

— Je m'attendais à cette demande, vous vous en doutez. Et vous, M. Louchenko, savez-vous pourquoi nous nous voyons aujourd'hui ?

— Vous allez me le dire, M. le juge.

La voix de Louchenko est posée, presque douce. Comme celle d'un homme qui échangerait avec un ami. Un ennemi, en l'occurrence. Mais derrière la douceur du ton du prévenu, chaque mot peut être tranchant. Comme une lame sortie par surprise pour toucher l'autre. Cependant, le juge Lombard n'est pas du genre à se laisser impressionner. Il sait aussi utiliser la prosodie nécessaire pour maintenir un rapport de force. Et il ne s'en prive pas.

— Vous êtes mis en examen pour association de malfaiteurs terroristes. Vous savez ce que cela veut dire ?

— M. le juge. J'ai fait mes études de droit en France. Mon père est russe, ma mère est française. Je comprends parfaitement le français.

Le ton est donné. Le face-à-face sera direct. Pierre-Antoine Lombard sourit :

— M. Louchenko, vous vous doutez bien que si je vous ai fait incarcérer et si je vous maintiens en détention c'est que la DGSI dispose d'un dossier de renseignement qui a conduit le procureur de la République à lancer une information judiciaire contre vous. Il vous est reproché, entre autres, de financer des organisations terroristes dont certaines constituent des armées privées qui vendent leurs services partout où la misère rapporte.

Louchenko sourit à son tour. Il frotte lentement ses mains l'une contre l'autre, et fait craquer ses doigts. Il répond calmement :

— Je ne suis qu'un homme d'affaires qui fait ce qu'il peut pour gagner un peu d'argent. J'ai plusieurs entreprises, mais rien qui ressemble à une armée privée comme vous le dites.

Le juge ne bronche pas. D'un geste lent, il sort une série de photos d'une chemise cartonnée de couleur claire. Sans un mot, il glisse la pile d'images vers Milo Louchenko. Lombard le fixe, mais l'homme ne daigne pas regarder le cliché.

— Qu'est-ce que c'est ?

— Quelques photos, reçues la semaine dernière. Elles proviennent d'un dossier d'enquête que m'a fait parvenir le procureur général de Kampala, en Ouganda.

— En Ouganda ? demande naïvement le Franco-Russe.

— Oui, en Ouganda. En Afrique, M. Louchenko. Allez, je suis sûr que vous savez où cela se trouve.

Le juge aime bien jouer avec les personnes de mauvaise foi. Leur montrer qu'il n'est pas dupe de leurs manœuvres. De leur fausse naïveté. Et depuis presque deux ans qu'il le reçoit en audition quasiment chaque semaine, il a bien compris que Louchenko était un expert en la matière. Pierre-Antoine Lombard pose le doigt sur la pile de photos :

— Sur la première image, vous avez un homme. Africain. Du moins ce qu'il en reste.

Le Franco-Russe baisse les yeux, sans pour autant manifester la moindre émotion. Le juge poursuit :

— Cet homme, qui était âgé d'une cinquantaine d'années, a subi le supplice que l'on appelle communément le barbecue. On l'a ligoté, on a ensuite empilé des pneus autour de lui, jusqu'à la hauteur de son cou. Il a ensuite été aspergé d'essence, et on a enflammé le tout. D'après les personnes qui ont assisté à cela et qui ont témoigné, il a mis plus de deux minutes à mourir. Cent vingt secondes. À hurler. Je vous laisse imaginer : l'odeur d'essence qui vous prend à la gorge. La sensation d'être emprisonné au milieu de ce mur de caoutchouc. Et des hommes qui rient, autour de vous, avec un briquet. Cent vingt secondes d'horreur. C'est long, cent vingt secondes. Un. Deux. Trois. Quatre. Cinq. Six. Sept...

Maître Pisani intervient :

— Monsieur le juge ! S'il vous plaît !

Tout en continuant à compter, lentement, et sans jeter un regard à l'avocat, le juge pousse une seconde photo vers Louchenko.

— Sur celle-ci, c'est une femme. Une jeune femme. Pas plus de vingt ans. Elle a été violée par les hommes qui ont ligoté le premier au milieu des pneus. Ils l'ont violée un par un, en prenant leur temps. Puis le dernier lui a enfoncé un couteau dans le vagin et l'a éventrée jusqu'au sternum. Je ne sais pas si vous voyez bien, sur la photo, ses viscères sont complètement sortis de son ventre.

Louchenko n'a pas baissé les yeux. Lombard continue :

— L'homme brûlé vif s'appelait Madou Diamba. Il était le chef de la communauté Diawara, au Soudan du Sud. À quelques kilomètres de la frontière de l'Ouganda. La jeune fille s'appelait Maha Diamba. Sa fille. Violée devant lui avant qu'on enflamme les pneus. Vous avez des enfants, M. Louchenko ?

Le prévenu n'a toujours pas regardé la photo. Il fixe le juge dans les yeux, qui soutient à son tour son regard. L'avocat ne bronche pas.

— Pourquoi me montrer ces photos ?

— La communauté Diawara s'opposait à un chantier, parce qu'il empiétait sur une terre qui était celle de leurs ancêtres. Quelqu'un a envoyé la société Black Shadow sur place, pour « négocier » avec les Diawara. Deux jours plus tard, la communauté avait quitté le village. Entièrement calciné. Black Shadow, un nom qui vous parle ?

Milo Louchenko fait un signe de tête, pour signifier qu'il entend ce qu'on lui dit. Le hochement de tête de celui qui reçoit les informations mais sans y porter aucune attention. Calmement, il répond :

— Non.

Le juge Lombard ne s'attendait pas à ce que le prévenu qui est assis devant lui garde à ce point son calme. Aucune fuite qui pourrait trahir une quelconque émotion. Lombard doit également ne rien manifester. Ni surprise ni colère. Rester de marbre.

— M. Louchenko, vous êtes bien le gérant de la société d'investissement Spectrum Capital ?

— Je possède pas mal de sociétés. Je ne me rappelle pas celle-là.

— Connaissez-vous M. Philip Waldorff ?

— Comment dites-vous ?

— M. Waldorff. Un citoyen britannique.

— Non, ce nom ne me dit rien.

Les deux hommes se fixent. Ne se lâchent pas des yeux. Deux boxeurs qui tournent l'un autour de l'autre dans un ring, pour s'observer, trouver les failles avant de lâcher les coups.

— M. Waldorff a été interpellé par la police métropolitaine de Londres, ayant fait l'objet d'une notice rouge d'Interpol. Son entreprise, Black Shadow, est soupçonnée par plusieurs ONG d'avoir commis des exactions dans plusieurs pays africains. Viols, meurtres, tortures, et j'en passe. Les photos que je viens de vous montrer témoignent des actions de Black Shadow.

Louchenko fait à nouveau le geste de tête qu'il avait eu une minute auparavant. Le juge garde le silence. Après de longues secondes, Louchenko relance :

— Qu'est-ce que cela a à voir avec moi ?

Lombard esquisse un sourire. Satisfait de son coup. Il a poussé le prévenu à la réaction.

— Vous n'avez donc jamais entendu parler de la société Black Shadow, M. Louchenko ?

— Non.

— Vraiment ? Une société militaire privée. Des mercenaires, en d'autres termes. Black Shadow a été plusieurs fois attaquée en justice. Black Shadow a perdu tous ses procès. Mais alors qu'elle était à deux doigts de la faillite, elle a été miraculeusement sauvée. Pour reprendre du service.

— Je ne vois toujours pas ce que je viens faire là-dedans.

— Black Shadow a été sauvée de la faillite grâce à une armée d'avocats, avec des moyens colossaux, et tout cela financé par Spectrum Capital. Votre société d'investissement.

Milo commence à s'énerver. Enfin.

— Je ne connais pas cette société. Je viens de vous le dire !

L'accentuation des sifflantes dans la phrase traduit un début de colère froide chez Louchenko. Le signal pour le juge qu'il faut enfoncer le clou.

— M. Waldorff dit le contraire. Lors de son interrogatoire, il a affirmé vous avoir rencontré à plusieurs reprises. Pour négocier le sauvetage de son entreprise en échange de votre prise de contrôle sur celle-ci.

Le juge Lombard fixe une nouvelle fois Louchenko. Dans les yeux. Pour le voir tressaillir. Douter. Transpirer, peut-être. Mais l'homme reste de marbre. Ses yeux ne clignent pas. Sa pupille ne se dilate pas. On dirait que le semblant de colère qu'avait pu détecter le juge il y a quelques secondes s'est apaisé. Louchenko ne peut s'empêcher de laisser échapper un sourire :

— Monsieur le juge, vous avez un témoin qui dit qu'il m'a rencontré pour que je sauve sa société de mercenaires ?

— Absolument.

— Je souhaite être confronté à cet homme. Soit il ment, soit il m'a confondu avec quelqu'un d'autre.

C'est au tour du juge Lombard de laisser échapper un sourire. Mais un sourire jaune. Désagréable.

— Philip Waldorff ne pourra pas vous être confronté. Il vient d'être assassiné lors d'une extraction de la prison de Belmarsh. Mais j'ai comme l'impression que je ne vous apprends rien. Il a été suspendu à une esse de boucher. La marque des traîtres, paraît-il.

Louchenko reste de marbre, son sourire toujours accroché aux lèvres. Son avocat intervient :

— Je ne comprends pas votre acharnement sur mon client, monsieur le juge. Son interpellation, son incarcération depuis tout ce temps, tout cela ne repose sur rien.

— Le témoignage de M. Waldorff n'est qu'un des éléments du dossier, Maître.

— Le témoignage d'un mort. Que mon client ne connaît même pas ! Et qu'en est-il de la confrontation avec Mme Orasca qui aurait injustement accusé mon client ? Nous attendons ce moment depuis des mois et…

Mais le juge Lombard n'écoute plus l'avocat. Comme si les mots de ce dernier étaient étouffés par un coussin. Épais. Étanche à l'absurdité. Des années qu'il entend le verbiage abscons des baveux qui tentent de défendre leurs clients malgré le poids des preuves. Milo Louchenko est coupable, c'est certain. Le juge le sait. Maître Pisani le sait. Et Milo le sait : son regard plongé dans celui du juge et son sourire narquois le clament haut et fort.

Chapitre 8

Clamart.

Des carrés. Des carrés alignés les uns à côté des autres avec des trous. Soixante-douze trous par soixante-douze trous, exactement. Mais, même plein de trous, ce plafond est tout de même très moche. Pourtant, comme c'est la seule chose qu'elle peut voir, Elena s'en contente. Jour après jour, elle compte les trous.

Cela doit faire des mois qu'elle est enfermée. Peut-être des années. Enfermée dans son propre corps. Prisonnière d'elle-même. Victime du syndrome du scaphandrier. Elena est éveillée, pleinement consciente de tout ce qui se passe autour d'elle, mais incapable de le faire savoir à tous ces gens qui passent, de temps en temps, devant ses yeux. Il lui semble d'ailleurs qu'elle avait un champ de vision plus large, avant de se retrouver là. Il a dû se passer quelque chose.

Elena n'entend rien de ce qui se passe autour d'elle. Elle ne perçoit aucune odeur non plus. Comme si quelque chose avait été débranché dans sa tête. Mais elle a fini par comprendre qu'elle avait subi une opération. Un gros truc, certainement, au vu du nombre de personnes qui se sont affairées dans ce qui doit être sa chambre d'hôpital. Le problème du syndrome du scaphandrier, c'est qu'à moins que quelqu'un ne tourne votre tête, vous ne voyez que ce qui est en face de vous. En l'occurrence un plafond. Avec des carrés alignés. Un plafond avec des trous.

Elena a mis du temps à comprendre que personne n'avait vu qu'elle était consciente. Comprendre a été long. L'accepter l'a été encore plus. Elle a hurlé. À la mort. Dans sa tête. Pendant des heures, des jours, des nuits, pour qu'on la sorte de là. Pour qu'on la fasse mourir. S'imaginer le reste de sa vie prisonnière d'un corps qui ne lui obéit plus était insupportable. Aujourd'hui, elle s'est résignée. À quoi bon désespérer quand l'espoir n'existe plus ?

« Avec le bon souvenir de Milo. » C'est le seul souvenir qu'elle garde à l'esprit de sa vie d'avant le plafond avec des trous. Milo. L'homme de sa vie. De sa mort, aussi. Elle l'a vraiment aimé. Son côté voyou, sa classe naturelle, ses sourires envoûtants. Ses gardes du corps dans les bagnoles de luxe. Au point de l'épouser, de devenir son associée. Une femme, dans le milieu de ces affaires-là, ça apporte un peu d'humanité là où il n'y en a plus depuis longtemps. Bien sûr qu'elle était au courant de tout. Les coups en douce, les magouilles, les sociétés écrans. La drogue, les armes, puis les meurtres. Mais quand on aime, on voit ce qu'on a envie de voir. Jusqu'au jour où quelqu'un vous présente la note.

Lors de ces journées interminables à fixer le plafond, Elena a souvent pensé à ses parents. Sa mère, surtout. Elle n'a jamais aimé Milo Louchenko. Mais quand vous venez d'un milieu modeste, l'argent qui coule à flots fait accepter beaucoup de choses. Si sa mère la voyait comme ça, aujourd'hui, enfermée dans son corps, elle dirait que c'est forcément Dieu qui l'a punie. Pour les crimes de Milo, pour les avoir couverts sans rien dire. Oui, elle a forcément mis ça sur le compte de Dieu. Pour la vieille Ukrainienne qu'elle est, Dieu a souvent bon dos.

On dirait qu'on s'agite autour d'elle. Elena voit passer la tête d'une femme, certainement son infirmière. Elle a faim, ce doit être son repas qu'on lui administre. Par un bout de tuyau, probablement. Il est loin le temps où elle ne mangeait que les plats les plus raffinés des plus grands restaurants. Dans quelques minutes, elle se sentira mieux. Rassasiée. Mais ça, elle ne pourra le dire à personne.

Chapitre 9

Paris.

On lui parle. La voix est lointaine. C'est une femme. Elle essaye de lui dire quelque chose, mais Stan ne perçoit que quelques bribes, quelques éclats de mots. Il aimerait bien enlever le tissu qui recouvre ses yeux, son visage, mais ses mains n'ont pas l'air de vouloir répondre. Le tissu a une odeur étrange. Inhabituelle. On dirait qu'on s'agite autour de lui. Les bruits sont inconnus. Organisés. Stan ne sait pas où il est. Le dernier souvenir clair dans sa tête, c'est l'hélicoptère qui tourne sur lui-même. Les hurlements. Le mitrailleur de sabord qui tire au hasard. Les vibrations infernales. Et le crash. Puis plus rien. Si ce n'est la voix de cette femme. Une voix claire. Elle donne des instructions. « Adrénaline ! 5 cc ! Maintenant ! »

Stan se réveille brusquement. Cela faisait longtemps qu'il n'avait plus fait de cauchemars. Il est en sueur, seul, au milieu de son lit. Avec le souvenir de l'Afghanistan. Du crash. Des morts. De ces odeurs si particulières des chairs brûlées. Et le souvenir de la voix de Céline. Lui qui se croyait débarrassé de ces pensées obsédantes, il va devoir accepter que la vie en ait décidé autrement.

Courir. C'est son remède pour se vider la tête. Pour évacuer toutes les scories qui pourraient encombrer son esprit, occuper inutilement sa capacité cognitive. En début de mission, Stan doit avoir l'esprit clair et disponible pour analyser, comprendre, juger, préparer une stratégie. Et puis après tout, Céline est un otage comme les autres. Pas d'affect dans la négo. C'est la règle.

Les rues de Paris ne sont jamais désertes. Même en hiver. Même à 4h30. Ceux qui rentrent chez eux croisent, sans vraiment les voir, ceux qui partent travailler. En galopant sur les trottoirs humides, Stan se demande parfois à quoi pensent ces ombres furtives qui traversent les ruelles, le nez dans leur écharpe ou dans leur capuche.

Il est presque 8h30 quand Stan rejoint son équipe à l'agence, au cœur de Paris. Le siège de son réseau de négociateurs. L'endroit où s'organisent les missions. Comme à son habitude, c'est Monica, son assistante, qui a préparé la salle de réunion. Elle le fait pour chaque briefing avant le départ de l'équipe. Du café chaud, des blocs-notes sur la grande table de la salle en sous-sol : personne ne les utilise jamais, mais ils sont là. Au cas où, comme dit Monica pour justifier ce rituel immuable des lancements de mission. Et il y a aussi des croissants. Pour Moïse. L'ex du Mossad en raffole, et commencer une opération sans viennoiseries ne serait pas de bon augure.

Stan descend les marches sans bruit. Dans la pièce, Moïse et Nathalie discutent. Leur patron ne leur a pas donné beaucoup d'informations depuis hier, alors tout le monde se perd un peu en conjectures.

— Bonjour, lance Stan à la cantonade.

— Bonjour patron, répond ironiquement Moïse.

Nathalie, quant à elle, se contente d'un sourire. L'ancienne psychologue de la police du Québec préfère souvent les gestes aux mots. Stan et elle ont d'ailleurs rarement besoin de se parler pour se comprendre. Comme quand ils étaient amants, même si c'était il y a longtemps.

Sans perdre plus de temps, Stan s'assoit en bout de table et lance le briefing :

— Nous sommes engagés sur le kidnapping d'une femme de cinquante-quatre ans, française, enlevée il y a deux jours à Port-au-Prince. Il s'agit d'une médecin. Chirurgienne, plus précisément. Elle était en mission pour Chirurgiens sans frontières en Haïti depuis une semaine.

— Demande de rançon ? interroge Nath.

— Pas encore.

— Nous sommes engagés par l'ONG ? demande Moïse.

— Officiellement ou officieusement ? rétorque Stan.

Moïse et Nathalie échangent un regard. La psychologue relance :

— C'est-à-dire ?

— Officiellement, nous assistons l'ONG Chirurgiens sans frontières. Les ravisseurs ont pris contact avec leur correspondant à Port-au-Prince hier après-midi. Ils doivent lui envoyer une preuve de vie aujourd'hui.

— Et officieusement ? demande Moïse.

— Nous sommes missionnés par l'État français. La chirurgienne doit opérer en urgence un témoin clé dans l'affaire Milo Louchenko.

— Le trafiquant ? demande Nathalie.

— Oui, confirme Stan.

Le négociateur sort un dossier de son sac à dos, et le lance sur la table de la salle de réunion.

— L'otage s'appelle Céline Cluzel. Elle est colonelle au service de santé des armées.

Tandis que Moïse prend le dossier et l'ouvre, Stan se lève :

— On n'a pas encore d'infos sur ceux qui pourraient avoir kidnappé Céline. Moïse, tu me fais une recherche sur tous les enlèvements dans la zone sur les six derniers mois. Nath, tu peux regarder ce qu'ont les Canadiens là-dessus également ?

— Tu disais qu'on n'a pas encore de demande de rançon ? interroge l'Israélien.

— Non. Juste une prise de contact. On en saura plus aujourd'hui, je pense. Haïti est l'un des plus gros marchés d'otages au monde. Touristes, voyageurs d'affaires, expatriés. Tout est bon pour les criminels, dès lors que quelqu'un est prêt à payer.

— Qui paie sur ce dossier ? interroge Moïse.

— Nous. Les Français. Avec nos impôts.

Nathalie s'est levée, pensive. Elle fait quelques pas, avant de se retourner vers ses collègues :

— Comment va-t-on là-bas ? interroge la psychologue.

— Avion militaire, je suppose. Nous aurons des passeports diplomatiques.

Stan s'écarte pour aller se servir une grande tasse de café. Nathalie lui emboîte le pas, et s'approche de lui :

— Tu la connais ?

— Qui ?

— L'otage. Tu l'as appelée Céline. Tu ne fais jamais ça d'habitude. Au contraire, tu commences toujours ce genre de mission en donnant un nom de code à la victime, pour dépersonnaliser l'affaire. Là, tu as prononcé son prénom comme si c'était quelqu'un de proche.

— C'est une vieille histoire, je t'en parlerai plus tard.

Stan ne ment jamais à son équipe. Mais ce n'est pas pour autant qu'il doit tout leur dire. Pour couper court à la discussion, le négociateur annonce à tous :

— On doit être à Villacoublay en fin d'après-midi. Je vous propose qu'on parte tous d'ici juste après le déjeuner.

Chapitre 10

Paris.

Dans les tréfonds de la prison de la Santé, la lourde porte s'ouvre avec un grincement désagréable. Milo Louchenko émerge de sa cellule. Ses yeux, habitués à la pénombre, clignent sous les attaques agressives des néons du couloir. Chaque pas qu'il fait résonne sur le sol, comme un écho à la solitude que chacun ressent ici.

Les deux surveillants qui l'escortent marchent d'un pas synchronisé, formant un rythme oppressant. Les trois hommes descendent les étages et passent devant des rangées de cellules identiques, imaginant à l'intérieur les détenus attentifs, les visages anonymes, écoutant derrière leurs portes. Le bruit ambiant de la prison, les conversations étouffées, les rires amers, le grondement lointain de la vie carcérale remplissent l'air d'une tension nauséabonde.

À chaque palier, Milo Louchenko souffle et râle. Qu'il est long, ce cheminement vers le parloir. Interminable. Enfin arrivé au rez-de-chaussée, le trio termine son périple dans un couloir plus large, plus clair que le reste des locaux de cette prison vieillotte. Le premier des deux surveillants ouvre la porte en faisant tinter son trousseau de clés avec un son qu'aucun détenu ne pourra plus jamais oublier, même bien après avoir retrouvé la liberté.

À l'intérieur, maître Pisani est déjà assis sur une des deux chaises qui, avec la petite table centrale, meublent sobrement le parloir. Milo Louchenko s'assoit à son tour, tandis que les surveillants quittent la pièce pour laisser les deux hommes seuls. Sans même saluer son avocat, le Franco-Russe donne le ton :

— Quand est-ce que tu vas me faire sortir de là ?

— Je suis désolé, M. Louchenko, mais…

— Je t'ai demandé de me faire sortir de là ! Et tout ce que tu es capable de me dire, c'est que tu es désolé ? Tu crois que je te paie pour être désolé ?

L'avocat garde les yeux baissés. Il sait parfaitement que la question de son client n'appelle aucune réponse. Aucun commentaire. Aucune remarque. Depuis qu'il défend Milo Louchenko, il a bien compris que son avis et que ses réponses n'avaient que peu d'importance.

Le Franco-Russe reprend de plus belle :

— Lombard se fout ouvertement de notre gueule. Son unique témoin est dans le coma, et elle n'en sortira jamais. Pourtant, il maintient la détention. Qu'est-ce que ça cache ? Qui est derrière tout ça ?

— Le juge Lombard n'est instrumentalisé par personne. Il est juste accroché à ses convictions.

— Je sais déjà tout sur ce putain de juge. Sa famille. Ses habitudes. Ses points faibles. Et il s'obstine à me garder ici !

— M. Louchenko, on n'est pas en Russie, ici. On ne peut pas faire pression sur un juge pour obtenir une libération. Cela ne ferait qu'aggraver votre situation et…

— Connard ! Tu ne crois pas que ma situation est assez grave ? Cela fait deux ans que je suis enfermé dans ce trou pourri, à regarder les autres gérer mes affaires ! Alors, tu vas me trouver un moyen de sortir de là. Tu paies qui tu veux, tu flingues qui tu veux, tu baises qui tu veux, mais démerde-toi ! Sinon, c'est à toi que je vais m'en prendre.

Tout en criant, Milo Louchenko s'est levé de sa chaise pour marcher dans la pièce. Le parloir fait à peine quelques mètres carrés, et l'homme tourne comme un fauve dans une cage. Il est vêtu d'un pull sombre et d'un jean noir. Il n'a plus la morgue ni la superbe qu'il avait dans le bureau du juge. Ses traits sont tirés. Fatigués. Les marques qu'il porte sur son front sont accentuées par la colère qui déforme son visage.

La pièce est sordide. Sale. Abîmée par les cris et les pleurs des milliers de détenus qui y ont clamé leur innocence ou qui y ont maudit leurs juges. La seule différence avec la cellule dans laquelle Louchenko ronge son frein est la lumière qui est plus claire, presque plus propre. Un surveillant vient de passer la tête au niveau de la vitre qui lui permet de s'assurer qu'il n'y a pas de problème. Louchenko s'adresse à lui :

— Ça va, c'est bon, ne vous inquiétez pas. Tout va bien.

Avant de se retourner vers maître Pisani :

— Regarde-moi ce connard qui me surveille. Ici, c'est lui qui décide de ce que je fais et quand je peux le faire. Quand je peux sortir pour me promener. Il faudrait presque que je lui demande l'autorisation pour aller pisser. Si nous étions à Moscou, il viendrait lécher mes chaussures et me supplier de l'embaucher pour laver mes voitures.

Louchenko crache sur le sol, de mépris et de colère, avant de retourner s'asseoir sur sa chaise en bois. Il se rapproche de son avocat, qui n'a toujours pas bougé :

— Écoute-moi bien. Tu vas aller voir le juge Lombard et tu vas lui expliquer que si je ne suis pas remis en liberté rapidement, il va y avoir de la casse. En haut lieu. Je peux balancer sur tout le monde, j'ai des dossiers. Des trucs pas très propres, qui impliquent des membres des services secrets français.

— Monsieur Louchenko, nous avons activé tous nos contacts au plus haut niveau de l'État. L'ambassadeur russe lui-même appelle le Quai d'Orsay toutes les semaines pour…

— Qu'il appelle chaque jour ! Chaque heure, chaque minute ! Je suis Milo Louchenko, bordel ! Rappelle-le à tous ces minables à l'extérieur. J'ai pouvoir de vie et de mort si je le souhaite ! Alors, fais passer le message. Et vite.

Chapitre 11

Haïti.

La cave est humide. Sombre. Grouillante. Écrasante sous cette chaleur intenable, lourde comme un épais manteau qui sentirait le moisi. Céline n'a plus aucun repère temporel : elle n'avait pas de montre quand elle a été enlevée, et elle n'a pas d'autre lumière que la lampe du plafond. Aucun moyen de savoir si c'est le jour ou la nuit. À part peut-être le chant des oiseaux qu'elle entend par intermittence, et qui semblent se réveiller au lever du soleil. Cela voudrait dire qu'elle est là depuis deux jours. Peut-être trois.

De temps en temps, un moustique vient lui tenir compagnie. Jusqu'à ce qu'elle l'écrase entre ses mains. Et qu'un autre ne vienne prendre sa place. Quand ce n'est pas un truc qui rampe sur le sol et qui vient lui frôler le pied. Incognito. Agressif. Bruyant. Mais ce n'est finalement pas bien grave au regard de tout ce qui lui arrive depuis qu'elle a été enlevée.

Inconsciemment, Céline a repensé à son coxage, cet exercice qui consiste à simuler l'enlèvement d'un militaire pendant sa période de formation. Elle n'était qu'une jeune capitaine quand elle a passé son brevet d'aguerrissement commando, et elle n'aurait jamais imaginé que cette expérience aurait pu lui servir un jour. Elle se murmure à elle-même, pour maintenir une conversation rassurante :

— D'abord, observer la pièce. Les murs sont en briques. Mal finis. Pas d'ouverture hormis la porte métallique. Un verrou à l'extérieur. Pas d'autre moyen de sortir.

Tout en se parlant, Céline fait le tour de la cave. Le sol est en terre battue, laissant remonter l'humidité de l'hiver tropical. Pas d'autres meubles que le lit en métal et la grande cuvette qui lui sert de toilettes. Et le robinet où elle boit une eau au goût saumâtre. Elle reprend sa conversation :

— Tu as été kidnappée. Donc, tu as de la valeur. Tes ravisseurs vont prendre soin de toi. Mais pourquoi Jinau ? Comment tu n'as pas vu le coup venir ? Qu'est-ce que tu as raté ?

Depuis qu'elle est là, chaque seconde est une éternité. Ici, la chaleur n'est pas seulement un état, c'est un instrument de torture. Dans une partie d'échecs où elle n'est qu'un pion face à un adversaire qu'elle ne connaît pas. Mais elle est sûre d'une chose : chaque partie a une fin. Et elle est déterminée à ce que la sienne se clôture par un échec et mat. Celui de son ravisseur. Puis elle se ravise : peu importe ce qui arrivera à celui qui l'a enlevée. Parfois, il faut savoir perdre pour sauver sa peau.

Un bruit dans le couloir la sort de sa réflexion. On ouvre le verrou. C'est Jinau.

— Recule dans le fond, assieds-toi sur le lit.

Le jeune homme parle calmement. Presque comme avant. Avant l'enlèvement. Il tient dans les mains un bol et quelques bananes.

— Tiens, pour toi. Mange.

Céline est affamée. Elle voudrait se jeter sur la nourriture, mais elle ne peut pas rater une occasion de parler avec Jinau. Elle garde en mémoire un des conseils de son instructeur commando : socialiser dès que possible, humaniser la relation, créer le contact.

— Merci, Jinau.

La chirurgienne sourit au jeune homme. Elle voudrait lui demander pourquoi il l'a piégée. Pourquoi elle ? Mais poser des questions culpabilisantes serait contre-productif. Il lui faut recréer la relation. Surpris de son attitude, Jinau s'approche.

— Je suis désolé. Je ne pouvais pas faire autrement. C'est pour ma famille.

— Je ne t'en veux pas, Jinau. Je me doute que tu n'avais pas le choix. Ne t'inquiète pas.

Céline ment. Bien sûr qu'elle en veut au jeune homme. Terriblement. Elle lui casserait la gueule avec plaisir. Mais cela ne servirait à rien. Jinau continue :

— Tu vas sortir vite. Ils ont demandé à l'ONG. Ils veulent une photo. Bouge pas.

Jinau recule et sort son portable pour prendre plusieurs photos. Céline essaye de faire bonne figure. Mais le cœur n'y est pas. Le jeune Haïtien regarde ses clichés, et lâche, satisfait :

— C'est bon. Allez, mange.

Sans se retourner, il passe la porte et referme le lourd verrou, laissant Céline à sa solitude et à son bol de riz. Elle aurait pu bazarder sa nourriture, pour faire la bravache. Mais à quoi bon. Prendre tout ce qui est à prendre, c'est la meilleure façon de durer.

Chapitre 12

Villacoublay.

— C'est une blague ? C'est ça, notre transport ?

Moïse, enfoncé dans sa parka, n'en croit pas ses yeux. Il porte un grand sac sur le dos et traîne une énorme valise tactique remplie de matériel. Il regarde l'A400M, dépité, quand Stan éclate de rire :

— Tu pensais qu'on voyagerait en jet privé ? Bienvenue au service du gouvernement français !

Nathalie passe à côté de l'Israélien, et lâche en se moquant :

— Ne compte pas sur moi pour faire l'hôtesse, OK ?

Le crépuscule commence à poser son voile sur l'aéroport militaire de Villacoublay. L'atmosphère est dense, chargée d'un froid qui mord jusqu'aux os. À proximité, l'autoroute est éclairée par de lointaines lumières orangées qui vacillent au rythme des véhicules pressés. Sur la base aérienne 107, les lumières blanches des projecteurs créent des halos dans la brume et font briller le flanc gris de l'énorme avion de transport.

Stan est déjà reparti en direction de la tranche arrière, ouverte comme la gueule d'un animal couché sur le sol. Les moteurs tournent au ralenti, baignant le tarmac d'un ronronnement lancinant. Stan sort un casque antibruit de son sac et le place sur ses oreilles. Moïse hurle :

— Et en plus tu le savais !

Stan fait mine de ne pas avoir entendu en montrant son casque, mais son sourire indique le contraire. Nathalie monte à son tour dans l'appareil. Des palettes occupent l'immense soute : du matériel médical, des caisses de lait pour bébé, des bouteilles d'eau. Attachées entre elles et retenues au sol par des sangles, elles portent le logo de la République française. Un militaire s'approche des trois membres de l'équipe et les accueille en criant pour passer au-dessus des bruits de moteur :

— Bienvenue à bord ! On nous a dit que nous avions trois passagers en plus pour ce vol ! Désolé, ce n'est pas très confortable mais au moins, vous aurez de la place !

Stan fait un signe de main pouce levé pour remercier le militaire, qui les guide vers le fond de l'avion. Il se retourne :

— Il y a un peu moins de bruit, ici. Vous pourrez dormir plus tranquillement.

— Merci, commandant. On va se faire tout petits, conclut Stan en jetant un œil sur l'embonpoint de Moïse.

L'Israélien le regarde en fermant le poing, pour répondre à son allusion à son poids. Stan pose son gros sac contre la paroi de l'appareil. Nathalie fait de même puis s'assoit sur une des grandes banquettes qui vont leur servir de lits et de bureaux le temps du vol. Moïse, vexé, va s'installer sur la banquette d'en face, de l'autre côté de la carlingue. Il pose bruyamment ses bagages. Fichu caractère. Mais c'est ce que Stan aime chez son expert du renseignement : pas de faux-semblants, pas de masque. Dans l'équipe, c'est un principe : dire ce que l'on fait et faire ce que l'on dit.

Stan vient s'asseoir à côté de la psychologue et ouvre un dossier qu'il a sorti du sac à dos qui ne le quitte jamais. Moïse, comprenant qu'une réunion improvisée vient de commencer, rejoint les autres et s'accroupit devant eux. Stan peut commencer, en parlant suffisamment fort pour couvrir le bruit de moteurs qui s'intensifie :

— Nous serons pris en charge à l'aéroport de Port-au-Prince par le délégué de Chirurgiens sans frontières. Il nous emmènera directement dans leurs locaux, qu'ils partagent avec plusieurs autres ONG. Je l'ai eu au téléphone il y a une trentaine de minutes, pas de nouvelles de l'otage ou des ravisseurs mais c'est normal. Il devait recevoir une preuve de vie en fin de journée. Nous verrons ça en arrivant. Moïse, tu as eu le temps de récupérer des infos ?

Moïse s'approche de la banquette, le bruit des moteurs s'étant encore intensifié, signe d'un décollage imminent.

— Rien de bien nouveau en Haïti depuis deux ans, date de notre dernière mission là-bas. Le nombre de kidnappings a explosé depuis la mort du président Jovenel Moïse, un millier d'enlèvements ont été recensés en 2024. Quand je parle des cas recensés, je vous laisse imaginer le nombre de cas réels en ajoutant les enlèvements qui ne sont jamais signalés aux forces de police.

Nathalie et Stan écoutent sans intervenir. L'expert en renseignement continue :

— Le gang qui agit dans la zone où a été enlevée le Dr Cluzel est le gang des 400 Mawozo. C'est avec eux que nous avions négocié en 2023. Stan, je suis sûr que tu gardes un souvenir ému de cette négo.

— Des brutes incultes, répond le négociateur, mais cela nous a bien servis. Si ce sont eux qui détiennent l'otage, le risque est élevé mais la négo sera simple. Ils veulent de l'argent. C'est tout.

Nathalie intervient à son tour :

— J'ai les mêmes infos de la part du ministère des relations internationales canadien. Les 400 Mawozo contrôlent le business du kidnapping. Il est fort probable que ce soit eux qui détiennent le Dr Cluzel. Appelons-la Céline, c'est plus simple. Qu'en penses-tu, Stan ?

Sans réagir à la dernière saillie de Nath, le négociateur conclut :

— Bon, attendons d'avoir eu un premier contact pour confirmer qui sont les ravisseurs. Que ce soit eux ou d'autres, nous aurons certainement affaire à des criminels qui ne veulent que du pognon.

Moïse ajoute :

— J'ai récupéré des infos sur le Dr Cluzel. Elle a un CV long comme le bras. Professeur des universités en neurologie, enseignante aux États-Unis, en Israël, et reconnue comme l'une des meilleures neurochirurgiennes au monde. Célibataire. Pas d'enfants connus. Malgré ses diplômes, elle plafonne au grade de colonelle au sein du service de santé des armées. La hiérarchie et la discipline, ce n'est pas son truc.

— Tiens, ça me rappelle quelqu'un, lâche Nathalie en regardant Stan. Quand tu étais dans la police, tu n'es jamais passé capitaine, non ?

Le négociateur incline sa tête en fixant sa collègue. Il n'aura pas le temps de répondre. Une lumière rouge vient d'éclairer toute la soute de l'A400M et le bruit des moteurs devient insupportable. La procédure de décollage est lancée.

Chapitre 13

Paris.

Pierre-Antoine Lombard a croisé des milliers d'avocats au cours de sa carrière. En tout genre. De tous les styles. Maître Dominique Pisani fait partie de la race des pit-bulls. Des agressifs. Des opiniâtres. Des enragés, parfois. Mais aujourd'hui, ce n'est pas cet homme-là qui est devant lui. Aujourd'hui, il fait face à quelqu'un qui a peur.

Alors que la nuit commence à tomber sur le tribunal de Paris, le défenseur charismatique n'est pas à l'aise. Ses traits sont tirés et les poches qu'il a sous les yeux prouvent que ses nuits ne sont pas sereines. Tout indique qu'il perd le contrôle. Comme ce rendez-vous demandé en urgence, loin des procédures habituelles entre un juge et un avocat.

Dominique Pisani ouvre la discussion :

— Avant tout, monsieur le juge, pourrions-nous considérer notre discussion de ce soir comme un échange informel ?

— Si c'est le cas, Maître, nous ne pourrons pas aborder le cas de M. Milo Louchenko.

— Alors disons que je viens parler avec vous du métier d'avocat et de la difficulté que l'on peut avoir à défendre un client coûte que coûte.

Depuis le temps, le juge Lombard sait reconnaître les tentatives de manipulation et les coups de théâtre. La petite inspiration avant de parler, pour poser une voix ferme et assertive. Ou la joie furtive de celui qui tente de vous piéger quand il comprend que sa ruse fonctionne. Mais les seuls signes que le juge perçoit sur le visage de Dominique Pisani sont ceux de la peur. De l'angoisse. Il respire trop vite pour quelqu'un qui déroulerait un discours préparé à l'avance. Ce soir, maître Pisani est en roue libre.

— Il est tard, Maître. Le juge d'instruction ferme sa boutique.

Joignant le geste à la parole, Pierre-Antoine rabat l'écran de son ordinateur portable et le pousse sur le côté gauche de son bureau. Il poursuit :

— Nous ne sommes donc désormais que deux personnes qui échangent. Librement. De manière informelle.

Cette sensation de mener le jeu procure toujours à Lombard une satisfaction. Encore une fois, il décide du rythme. Du contenu des échanges. De ce qu'il en fera. Maître Pisani est dans sa main. L'avocat expire. Comme une libération. Il s'affaisse lourdement dans le fauteuil.

— Merci, Pierre-Antoine. Je sais que vous n'aimez pas sortir du cadre de la loi et des règlements, mais j'avais besoin de vous parler. Je ne fais plus confiance à grand monde.

— Je fais donc partie de ceux à qui vous faites encore confiance, Dominique ?

— Vous n'avez jamais dévié de vos valeurs ni de celles de la justice.

— Alors que vous oui ?

Dominique Pisani esquisse un sourire forcé, amer.

— Vous savez, on ne défend pas toujours des innocents.

L'avocat attend que le juge le relance. Mais celui-ci s'en garde bien. Il ne faut jamais orienter le discours de quelqu'un qui est venu s'épancher. On a toujours de bonnes surprises à laisser s'exprimer ceux qui en ont gros sur le cœur. Ou sur la conscience. Dominique Pisani l'a bien compris, Pierre-Antoine Lombard ne fera qu'écouter. Alors autant être direct.

— Milo Louchenko est fou.

La phrase est tombée comme une sentence. Sans appel. L'avocat qui condamne son client, pour essayer de s'en protéger. Maître Pisani continue :

— Il fait partie de ces fous qui n'ont aucune limite parce qu'ils n'ont aucune morale. Je le défends depuis bien avant que vous l'ayez fait interpeller. Je l'ai vu sombrer doucement dans un délire de puissance et de pouvoir dont vous n'avez pas idée.

Si les propos de l'avocat n'étaient pas aussi dramatiques, le juge s'amuserait presque de voir le baveux passer aux aveux comme un vulgaire délinquant de bas étage. Comme une balance qui, sous couvert de libérer sa conscience, vient demander une protection. Un sauf-conduit. Un asile. Mais le juge s'efforce de ne rien laisser paraître de la satisfaction qu'il ressent.

— Dominique, je me doute que ces propos vous coûtent. Ce n'est pas le juge qui vous parle mais le collègue, qui vous estime et vous respecte. Pourquoi persistez-vous à défendre cet homme ?

— On ne quitte pas Milo Louchenko. C'est lui qui vous quitte. Définitivement. Demandez à Elena Orasca ce qu'elle en pense.

— Vous avez des nouvelles d'elle ? lâche naïvement le juge.

— Pierre-Antoine ! Ne vous moquez pas de moi. Je ne sais pas exactement ce qui lui est arrivé mais Louchenko se vante de l'avoir fait taire. Je n'en dors plus la nuit. Je ne veux pas être associé à tout cela.

Pierre-Antoine ressent la détresse de Dominique Pisani. Derrière la carapace qu'il s'est forgée au cours de ses années de barreau, il perçoit l'oppression de la proie prise dans la toile de l'araignée et qui sait parfaitement que personne ne la sortira de là.

— Louchenko m'a raconté qu'il avait fait découper les deux jambes de la femme d'un de ses avocats avec une scie égoïne parce qu'il avait envisagé de témoigner contre lui. Il ne l'a pas fait par hasard. Il sait que je doute.

— Qu'est-ce que je peux faire, Dominique ?

— Libérez Louchenko. Laissez-le partir le plus loin possible.

— On ne libère pas un monstre une fois qu'on l'a accroché. Vous savez de quelles atrocités il est capable.

— Vous n'aviez que deux témoins dans ce dossier. Ils sont tous les deux hors d'état d'apporter leur version de l'histoire. M. Waldorff est mort. Mme Orasca, un légume. Personne d'autre n'osera jamais témoigner. Que croyez-vous ? Que Milo Louchenko va s'arrêter là ?

Dominique Pisani est paniqué. Affolé. Ce n'est pas une posture, il est aux abois. Le juge interroge :

— Qu'est-ce que vous craignez ?

— Louchenko a beaucoup de monde dans sa manche. Il vous déteste. Il estime que vous lui avez fait perdre deux ans de sa vie. Pour rien.

— Il va s'en prendre à moi ?

— Je le crois. Il se renseigne sur vous, en tout cas. Sur vos proches.

— Je ne crains pas pour ma vie, Dominique. Quant aux personnes qui me sont proches, la dernière a été enterrée il y a trois ans. Mon poisson rouge, peut-être ?

Maître Pisani esquisse un sourire, un peu de légèreté sur la chape de plomb qui pèse sur lui. Il se redresse avant de se lever de son siège.

— J'ai une femme et deux enfants. Je ne suis plus libre de mes choix. Je vous en prie, Pierre-Antoine, accédez à la demande de remise en liberté que je vais déposer. Par pitié, libérez-nous de ce fou.

— Vous savez bien que je ne peux pas. Le laisser sortir, c'est lui redonner les moyens d'exercer sa terreur. Sous les verrous, il est sous contrôle.

— C'est ce que vous croyez, Pierre-Antoine. C'est ce que vous croyez.

L'avocat se résigne. Le ton sur lequel il vient de prononcer sa dernière phrase en atteste. Maître Pisani se lève de son siège et prend son manteau qui était posé sur un fauteuil.

— Bon, je vous remercie de m'avoir écouté, lâche l'avocat.

— Je suis désolé de ne pas pouvoir vous aider, Dominique.

— Je sais.

La conversation n'ira pas plus loin, l'avocat est déjà sorti du bureau du juge.

Chapitre 14

Port-au-Prince.

— C'est bien elle. La photo est sombre mais c'est bien Céline Cluzel.

Paul Lindmann, le patron de Chirurgiens sans frontières en Haïti, est catégorique. La photo qu'il a reçue trois heures auparavant est bien celle de la femme médecin enlevée il y a deux jours. Il est visiblement sous le choc. Rassuré de savoir sa collègue vivante, mais terrorisé de la voir prisonnière dans ce qui ressemble à un sous-sol sordide.

Cela fait à peine une heure qu'ils se sont posés en Haïti et l'équipe de Stan a déjà une preuve de vie. C'est l'avantage avec les ravisseurs qui kidnappent pour de l'argent : ils veulent aller vite, et ils ne rechignent pas à donner des informations dès lors qu'elles permettent d'accélérer le processus.

L'arrivée dans les Caraïbes s'est faite à l'image de ce qui se passe dans le pays : chaotique et opportuniste. À peine l'avion de transport militaire français s'est-il posé sur la piste que des personnes, sorties de nulle part, sont venues voir ce qu'il y avait à prendre. Tous avaient l'air d'avoir le droit d'être là et de baguenauder sans aucun contrôle autour de l'appareil et de sa cargaison. Interrogé par Stan sur cette myriade d'opportunistes, le commandant de l'A400M avait lâché : « C'est comme ça que ça se passe, ici. Si un quart de ce que nous avons transporté aujourd'hui profite à ceux qui en ont vraiment besoin, nous pourrons nous estimer heureux. »

Même surprise en voyant un 4×4 siglé au nom de Chirurgiens sans frontières parvenir jusqu'à la tranche arrière de l'avion, en dépit de toutes les mesures de sécurité. À bord, Paul Lindmann et un homme armé, un *contractor*, chargé de la sécurité de CSF depuis l'enlèvement. Après quelques minutes dans la circulation de Port-au-Prince, toute l'équipe est arrivée avenue Maïs-Gâté, dans un local mis à disposition des ONG présentes sur l'île par le ministère de la Santé publique et de la Population. « Local » est le mot juste. Le bâtiment se dresse, austère. Il s'agit d'un ancien entrepôt dont l'âme industrielle a été méticuleusement gommée pour être transformée en un labyrinthe de bureaux. Ses murs, témoins d'une vieille gloire commerciale, embrassent désormais le zèle silencieux des ONG. À l'entrée, un agent de sécurité, plus symbolique qu'efficace, trône derrière son pupitre. Ses yeux balayent machinalement l'agitation, enregistrant les visages sans vraiment les voir, hochant la tête en une reconnaissance tacite plutôt qu'un contrôle rigoureux.

Stan prend à son tour le téléphone portable de Paul sur lequel a été reçue la photographie de Céline. Elle a bien changé. C'était il y a plus de trente ans. Nathalie sent le trouble de Stan.

— Ça va ?

— Oui, tout va bien. Cela fait longtemps que je ne l'avais pas revue.

— Ce ne sont pas de bonnes circonstances pour des retrouvailles.

— Ce ne sont pas des retrouvailles, Nath. C'est une mission.

Nathalie connaît bien son patron. Elle sait lire entre les lignes. Céline a de l'importance pour lui. C'est tout sauf une simple mission. Mais ce n'est pas le moment pour en savoir plus.

Stan interroge Paul Lindmann :

— Les ravisseurs ne vous ont pas contacté personnellement ?

— Non, juste un message pour dire qu'ils avaient enlevé le Dr Cluzel, et puis ils ont dit qu'ils enverraient une preuve de vie aujourd'hui. Qu'est-ce que ça change ?

— Je vais prendre la main sur la négociation. Dire que je fais partie de l'ONG. Ce sera ma légende.

Moïse pose une valise sur une grande table bancale. Il l'ouvre en douceur pour dévoiler un dispositif technique lové dans un réceptacle en mousse.

— Avec ça, on va pouvoir savoir d'où nos amis nous contactent. Et si leur téléphone n'est pas trop récent, on pourrait même s'en servir comme d'un micro.

— Technologie israélienne. Le top, lâche Moïse fièrement.

Stan interroge Paul :

— On nous a dit que le Dr Cluzel avait été enlevée à bord de son véhicule. C'est elle qui conduisait ?

— Non, c'est Jinau. Un des chauffeurs qu'on utilise, entre autres.

— Vous l'avez vu depuis l'enlèvement ?

— Oui, il est repassé une fois. Mais il avait l'air très choqué. On lui a dit de rester chez lui.

— On peut le voir ?

— Je vais essayer de vous trouver ses coordonnées. Céline les avait c'est sûr mais moi je ne suis pas certain de les avoir. Les chauffeurs vont et viennent, on prend ceux qui sont disponibles.

Dans un coin du hangar, Stan remarque une silhouette inattendue. Un observateur. Caché. Discrètement lové sous un bout de carton. Un chat. Noir. Pas bien gros. Le genre de bestiole famélique qui erre à la recherche d'un bout de viande. D'un bout d'affection. Machinalement, le négociateur s'accroupit, et pose sa main sur le sol. Il fixe le chat pour l'inviter à venir faire connaissance. Mais l'animal ne bouge pas. Certainement plus habitué aux coups qu'aux caresses. Il reste tapi sous son carton, jusqu'au moment où un bruit, pas très loin, lui fait faire demi-tour pour s'enfuir dans les hautes herbes.

Un Haïtien s'approche d'un pas décidé du petit groupe. L'agent de sécurité qui s'était fait oublier jusque-là s'interpose, avant que Stan ne calme le jeu :

— C'est bon. C'est un de mes amis.

Presque déçu, l'agent s'écarte pour laisser passer un jeune homme qui doit approcher la trentaine. Habillé avec un survêtement dépareillé et d'un bob bariolé, une barbe hirsute, il ne dénote pas dans l'ambiance générale. Il tombe dans les bras de Stan.

— Ça va, ma gueule ? Ça fait bien longtemps !

— Pratiquement deux ans. Tu as toujours l'air d'un dealer de crack, à ce que je vois.

— Je suis un dealer de crack ! Hey, Moïse est toujours là ! Tu as grossi, toi, non ?

Avec la moue caractéristique qu'il sait faire quand on parle de son poids, l'expert en renseignement s'approche du jeune homme et tend son poing, pour faire un check.

— Toi, tu n'as pas changé ! toujours aussi désagréable.

Stan prend Nathalie par le bras et la rapproche du petit groupe que forment désormais les trois hommes.

— Je te présente Davidson. Un ami. Et aussi un policier, c'est le correspondant des Stups français en Haïti. Il va nous rendre quelques services sur cette mission.

— Si je peux être utile, murmure Davidson en simulant un baiser sur la main de Nath.

Moïse s'adresse à Davidson en montrant le téléphone :

— Je suis surpris que les ravisseurs utilisent un numéro de portable non masqué. C'est facile de les localiser.

Le policier s'esclaffe :

— Ici ? En Haïti ? Les policiers n'ont même pas de téléphones pour eux, alors comment veux-tu qu'ils aient les moyens de localiser le portable d'un kidnappeur ? Et pour finalement s'apercevoir qu'il est au cœur de Cité Soleil ? Personne n'y entre jamais, ce sont les gangs qui contrôlent tout.

Moïse montre le téléphone de Paul Lindmann dont l'écran s'allume sur la table, laissant apparaître le texte d'un message.

— Je crois que cela ne va pas tarder. Les ravisseurs proposent un contact dans une heure.

Chapitre 15

Clamart.

L'homme tente tant bien que mal d'avancer sur le sol. Il se tortille maladroitement. Comme une larve coincée dans sa chrysalide tombée au sol et qui voudrait se soustraire au regard amusé de ses prédateurs. C'est incroyable l'énergie que l'on parvient à trouver quand on pense que tout est terminé. C'est exactement cette force qui pousse celui qui se trémousse par terre à se raccrocher à la vie.

Un sécateur de jardin gît sur le carrelage glacé. À côté de morceaux de doigts ensanglantés. Cela semble logique, nous sommes dans ce qui ressemble à une boucherie. De grandes carcasses de bœufs pendent à des crochets de métal, dans une odeur glaciale de sang et de cadavre.

Milo rit. Il vient de couper les tendons d'Achille de celui qui essaye de se déplacer comme il peut, laissant des traînées de sang derrière lui. Il n'a plus aucun doigt au bout de ses mains. Il ne marchera plus jamais et il ne fera plus grand-chose tout court. Milo vient de sortir un revolver chromé qu'il gardait dans la ceinture de son pantalon. Sans un mot, il pose le lourd canon contre le crâne de sa prochaine victime et presse la détente. Un énorme bruit. Le calibre 357 n'est pas l'outil idéal pour faire dans la dentelle. Son onde de choc non plus : le visage vient d'exploser de l'intérieur, projetant des morceaux de cervelle et d'os partout sur le sol clair. Milo se retourne et dit aux hommes qui le regardent en riant :

— On y va ? J'ai faim.

Elena a beau être enfermée dans son corps, ses souvenirs lui reviennent par morceaux. Par bribes. Petit à petit, les détails de la scène qu'elle vient de se remémorer s'éclaircissent. C'était à Cali. Alonso, le Colombien qui fournissait des armes aux hommes de Milo avait essayé de les rouler. Mauvaise idée.

Tiens, quelqu'un déplace le lit. Les carreaux du plafond bougent. Ces petits moments d'animation sont d'autant plus précieux qu'ils sont rares. C'est la femme de ménage qui doit passer. Elle l'a déjà entraperçue dans son champ de vision quand elle fait rouler le lit d'un côté puis de l'autre de la chambre. Quoi qu'il en soit, quelqu'un s'occupe d'elle. C'est déjà ça.

Elena a hâte de savoir où elle est. Et ce qu'elle fait là. Quoique, ce qu'elle fait là, elle a fini par s'en douter. Son dernier souvenir, c'est une phrase étrangement familière : « Avec le bon souvenir de Milo ». Tiens, a-t-elle toujours ses tendons d'Achille intacts ? Et ses doigts sont-ils toujours à leur place ?

Vivement qu'elle sorte de cet état, si tant est que ce soit possible. L'histoire d'Alonso et du sécateur est maintenant claire dans sa tête. Quand elle aura retrouvé l'usage de la parole, elle pourra la raconter. Le juge Lombard va adorer.

Chapitre 16

Haïti.

Cela doit faire trois mille fois que Céline fait le tour de cette pièce. Plus elle tourne, plus la pièce semble petite, comme si elle se réduisait au fil du temps. Comme son espoir de sortir vivante d'ici. Les coupures électriques la plongent régulièrement dans le noir, accentuant encore plus son sentiment de perte de contrôle.

La chirurgienne ne se reconnaît pas. Celle à qui ses collègues prêtent un caractère inébranlable se surprend à douter. À douter d'elle-même. De sa résistance. De sa détermination. Du soutien de la France. Après tout, elle est française. Et militaire, qui plus est. La France devrait se bouger pour la récupérer, non ? Ils vont bien envoyer une équipe des forces spéciales pour l'extraire de ce bourbier. À moins que... À moins que ses supérieurs n'aient pas apprécié qu'elle les ait envoyés se faire foutre pour venir en Haïti. On lui avait interdit de partir avec Chirurgiens sans frontières. Soi-disant que sa place était au Val-de-Grâce. Ou à Clamart. Pour s'occuper d'Elena. Elle n'aurait pas pu faire grand-chose, d'ailleurs. Il fallait attendre une cicatrisation complète pour terminer le protocole et réaliser la troisième opération.

Celle qui allait peut-être lui redonner vie. Ou la lui ôter définitivement.

Céline se rappelle le magnifique œil bleu de cette femme. Un œil lumineux. Comme si Elena communiquait à travers cet œil unique qui lui restait. Elle a un moment pensé que la jeune femme pouvait être victime d'un *locked-in syndrome*. Le syndrome du scaphandrier. Elle lui a demandé de cligner de l'œil, pour montrer qu'elle entendait. Qu'elle comprenait. Mais rien. Pas de réponse. Inconsciente. Elle doute toujours de son diagnostic.

Opérer des cerveaux, c'est sa vie. Reconstruire des moelles épinières. Redonner des jambes. De la conscience. Mais pourquoi être venue jusqu'ici pour cela ? Il n'y avait pas assez de patients potentiels en France ? Et puis quelle idée de venir sans protection. Incognito. Dans un pays où les kidnappings sont légion. Tout ça pour sauver des enfants qu'elle ne connaît même pas… Non ! Ça suffit ! Elle ne doit pas douter de ce qu'elle a fait. De son engagement. Des opérations qu'elle a réalisées pour ces gamins haïtiens qui n'ont pas demandé à être victimes des gangs ou des tremblements de terre.

On ouvre la porte. Sous le halo de la lampe du plafond, Jinau entre dans la pièce. Il est venu apporter à manger. Encore un bol de riz. Dégueulasse.

— Bonjour Jinau.

— Bonjour.

— Merci de m'apporter à manger.

Jinau pose le bol sur le lit. Un bol minuscule. Et rien d'autre que du riz. Tester l'humanité du ravisseur :

— Jinau, j'ai très faim. Je pourrais avoir autre chose que du riz ?

— J'apporte ce qu'ils me donnent. Mais je vais demander. Je vais essayer.

Jinau semble avoir un cœur. Céline doit continuer à essayer de le trouver :

— Jinau, tu aurais dû me dire que tu avais besoin d'argent. Je peux t'aider, tu sais ?

Le jeune homme ne répond pas. Mais le fait qu'il ne réponde pas n'implique pas qu'il n'entend pas ou qu'il n'a pas compris. Céline poursuit :

— Tu sais, j'ai un travail important en France. Je connais du monde. Quand on discutait, quand tu me ramenais à l'hôtel avant que… qu'on se retrouve ici, tu me disais que tu voulais être médecin, toi aussi ?

— Oui. Mais tu sais, ici, on ne peut faire que rêver. L'école, c'est pas pour des gens comme moi.

— Tu ne devrais pas dire ça. Tu parles français, tu aurais pu venir apprendre en France. Étudier.

— Non. Je suis juste le chauffeur, ici. Le chauffeur.

Céline perçoit une pointe de déception dans la voix de Jinau. De la frustration. Qui dit frustration dit espoir. Et qui dit espoir dit levier. Pour manipuler.

— Qu'est-ce que tu ferais si tu avais une baguette magique ?

— Quoi ?

— Si tu avais une baguette magique et que tu puisses faire tout ce que tu voulais, qu'est-ce que tu ferais ?

— Comme Harry Potter ?

— Oui, si tu avais Harry Potter à côté de toi, qu'est-ce que tu lui demanderais ?

Jinau sourit. Comme un enfant. Comme l'enfant qu'il était il y a encore peu de temps.

— Je lui demanderais des belles robes. Pour ma mère.

— Ta maman aime les robes ?

— Oui, elle adorait ça. Elle est morte dans le tremblement de terre de 2021. Mais je vais parfois au cimetière pour lui poser des habits sur sa tombe. Oui, je demanderais des belles robes. Colorées.

— Et pour toi, Jinau ? Qu'est-ce que tu voudrais ?

Jinau sourit toujours. Un grand sourire d'enfant.

— Je ne sais pas.

— Et si je pouvais t'emmener en France ? Avec moi ?

— Pour quoi faire ?

— Pour apprendre. Pour devenir médecin.

— Je suis trop vieux, Céline. Et je sais à peine lire dans les livres.

La chirurgienne tient le jeune homme. Il l'appelle par son prénom. Mais le lien est ténu. Fragile. Elle doit tenter le tout pour le tout.

— Écoute, Jinau, tu ne le sais pas mais je suis quelqu'un d'important en France. Je suis militaire. Colonelle.

Le jeune Haïtien recule, les yeux écarquillés. Colonelle, c'est un grade important, ici.

— J'ai connu un colonel à Cap-Haïtien, répond Jinau. C'était quelqu'un qui avait du pouvoir. Si tu es colonelle en France, tu dois avoir beaucoup de pouvoir.

Céline voit qu'elle a touché. Elle insiste :

— Je peux te faire venir en France. Avec des papiers. Et du travail. Mais il faut que tu me sortes de là. Il faut que tu m'aides.

La porte de la cave s'ouvre brusquement, et un homme apparaît dans l'encoignure. Il est massif et énervé. Céline reconnaît Sterling. Il crie dans un mélange de français et de créole :

— Qu'est-ce que tu fous ?!

Jinau se redresse. Il a perdu son sourire d'enfant. Il a repris les mêmes yeux qu'il y a quelques jours. Dans la voiture. Dans l'ambulance. Le jeune homme répond sur un ton ferme :

— Tout va bien. La femme a juste faim. Elle veut plus à manger.

Chapitre 17

Port-au-Prince.

Stan prépare toujours ses premiers contacts de la même façon : il pose son casque sur ses oreilles, tel un DJ qui préparerait un set. Il l'ajuste, consciencieusement, jusqu'à ne plus rien entendre de l'extérieur. Plus d'autre son que son rythme cardiaque. Pour se retrouver dans sa bulle. Sa bulle de concentration. Sa bulle de détermination. Avant d'entrer dans l'arène. Avant la confrontation.

La pièce dans laquelle s'est réunie l'équipe est atypique. Longue, rectangulaire, métallique. Froide dans sa structure. Chaude en température. Stan a eu beau chercher, il n'a rien trouvé de mieux que ce container maritime. Le monolithe d'acier reposait comme un vestige oublié dans l'angle le plus sombre du hangar immense. Son bleu d'origine avait cédé la place à une teinte disparate, une mosaïque de rouille et d'éraflures, souvenirs des milliers de kilomètres parcourus. Des caractères estompés, à peine lisibles, racontaient son histoire en codes et en sigles, comme des tatouages sur la peau dure d'un vieux marin.

L'avantage, dans ce cube en acier, c'est que la confidentialité des communications est assurée, et que l'équipe de Stan pourra fermer solidement la porte entre chaque contact. Un coffre-fort de négociation. L'inconvénient, c'est qu'il va vite y faire chaud. Un four. Les cartons qui étaient stockés dans le container ont été installés près de l'entrée, en quinconce, pour faire une sorte de sas garantissant un peu plus de discrétion dans cette salle de crise improvisée. L'éclairage, constitué des lampes à LED apportées par l'équipe, donne une touche de modernité à ce décor improbable. C'est sobre mais c'est efficace. On s'y sentirait presque en sécurité.

Autour de la table installée à la hâte, Nathalie s'est assise à la droite de Stan. Comme toujours. Rituel rassurant. Bloc-notes à la main, casque sur la tête, elle est prête à glisser ses conseils et ses analyses sous les yeux du négociateur. Sans un mot. Sans un murmure. Pour ne pas interférer dans la relation que Stan va devoir créer avec le ravisseur. Quel profil aura-t-il ? Quel sera son ton de voix ? Sera-t-il intelligent ? Brutal ?

À l'autre bout de la table, Moïse a disposé son matériel. De quoi écouter et chercher des infos. Brouiller ceux qui voudraient savoir ce qui se passe dans cette grande boîte métallique. La paranoïa naturelle de l'ancien du Mossad a déjà sorti Stan de mauvais coups, tout comme sa capacité à vérifier à chaud chaque information donnée par ceux qui sont à l'autre bout du fil.

Devant le négociateur, le téléphone portable sur lequel doit appeler le ravisseur est branché sur une des valises techniques de Moïse. Cela permet de basculer l'audio dans les casques de chaque membre de l'équipe, en coupant les bruits ambiants et en évitant que tout le monde entende. On peut aussi enregistrer les échanges, ce qui n'est jamais inutile quand il s'agit de débriefer les contacts.

Stan est concentré. Imperturbable. Il a les yeux fermés quand le bruit de la vibration du téléphone sur la table métallique brise le silence. Le numéro qui s'affiche est celui du ravisseur.

— Contact ! annonce Stan.

C'est sa phrase rituelle pour demander à tout le monde de ne plus faire de bruit. Le négociateur fait glisser son doigt sur l'écran. On peut commencer.

— Bonjour, lâche simplement Stan.

— Bonjour, répond une voix.

Une voix d'homme. Rauque. Léger accent créole. Mature.

— Qui êtes-vous ? demande la voix.

— Je m'appelle Stanislas. Je suis celui qui attendait votre appel.

Un silence. Le premier de cet échange. Il y en aura forcément d'autres. C'est l'accroche. Le moment où l'on se renifle. On se tourne autour. On s'apprivoise. Si tout va bien.

— Qui êtes-vous, Stanislas ?

— Je travaille au sein de Chirurgiens sans frontières.

— Médecin ?

— Logisticien.

Un silence. Puis l'homme reprend.

— Pourquoi c'est vous qui attendiez mon appel ?

— Je suis un ancien militaire. C'est pour ça qu'on a pensé que je pourrais discuter avec vous. J'ai déjà géré des situations comme celle-là.

— Vous êtes un professionnel de la négociation ?

Question piège. Répondre non reviendrait à perdre la légitimité à être au contact. Répondre oui pourrait faire monter les enchères et le montant de la rançon.

— Je suis un professionnel de la logistique. Ici, tout le monde est paniqué depuis la disparition du Dr Cluzel. Je suis celui qui sait le mieux gérer le stress.

Moïse montre, à deux mains, une feuille de papier sur laquelle il est écrit : « Localisation : Cité Soleil ». Le téléphone du ravisseur borne dans le pire des bidonvilles de Port-au-Prince. Peut-être du monde. Un enchevêtrement de cabanes en tôles, de câbles électriques, de tuyaux. De gangs. De kidnappeurs.

Le ravisseur marque un temps d'arrêt. Il parle lentement, ne manifeste aucun stress particulier. Il semble habitué à mener ce genre de discussion. Il reprend :

— Combien vaut le docteur, Stanislas ?

— Pardon ? interroge le négociateur.

— Combien vous êtes prêts à payer pour la récupérer ?

Nathalie tourne la tête vers Stan, qui se tourne vers elle. Un ravisseur qui demande une offre n'est pas fréquent. C'est habile : laisser l'autre faire la première proposition permet de créer un ancrage autour duquel on peut discuter. Il va être le centre de gravité de la négociation. Il faut le choisir avec précision. Par chance, Stan connaît son job.

— Écoutez, on n'a pas grand-chose ici. Quelques milliers de dollars pour payer les médecins, les infirmières. La nourriture. Les chauffeurs.

Encore un silence. L'homme au bout de la ligne maîtrise les codes. Il tient le rythme.

— C'est la première fois que vous gérez un enlèvement en Haïti ?

— Oui, je n'ai jamais vécu ça auparavant.

Malgré la tension palpable, Nathalie ne peut pas s'empêcher de sourire. Stan ne la voit pas, il est concentré sur la discussion. Il entend le souffle du ravisseur dans le téléphone :

— En Haïti, quand on capture un étranger, c'est le jackpot. Le gros lot. Quelques milliers de dollars, ça n'a rien à voir avec un jackpot.

— Qu'est-ce que c'est, pour vous, un jackpot ?

— Un million de dollars. Ça, c'est un jackpot.

Nous sommes dans la norme. Pourquoi l'immense majorité des ravisseurs dans le monde demandent un million de dollars quand ils enlèvent un étranger ? Ils regardent les films ? Les séries télévisées ? Parce que c'est un compte rond ? Stan n'est pas surpris de cette demande. Mais il faut la faire baisser. Rapidement. Pour tuer la frustration dans l'œuf, pour que le ravisseur comprenne qu'il n'aura jamais une telle somme.

— Un million ? On n'a pas ça, ici. On en est loin. Nous sommes une ONG. Une association qui aide les victimes, les enfants. On n'a pas autant d'argent.

— Demandez à la France. Le docteur est français. La France paiera.

— Ce n'est pas si simple.

— Alors, rendez ça simple, Stanislas. C'est bien Stanislas ? C'est votre vrai prénom ?

— Oui, c'est bien ça. Et vous, comment je peux vous appeler ?

L'homme ne répond pas. Lâcher son nom, c'est commencer à être une cible. Les secondes sont interminables.

— Blast. On m'appelle Blast. Trouvez l'argent ou le docteur n'opérera plus jamais. Je vous rappelle dans trois heures.

Fin de la communication. À son habitude, quand le téléphone est raccroché, Stan se lève de sa chaise sans un mot. Il est trempé de sueur, des gouttes coulent sur son visage. Il se déplie de tout son long pour s'étirer. Il enlève son casque qu'il jette sur la table. C'est son rituel, son ancrage, pour clôturer un contact. S'étirer comme un boxeur après les coups, qui rejoint le coin du ring parce que la cloche a sonné la fin du round. L'échange n'a pas été long, mais riche en informations.

Moïse ouvre le bal du débriefing :

— Appel localisé à Cité Soleil. On s'en doutait. Son téléphone est récent, je ne peux pas l'utiliser comme micro. Dommage.

Nathalie prend la suite :

— L'homme est calme. Posé. Trente ans. Il a un très bon vocabulaire, et il est sûr de lui. Ça se sent. Il ne donne pas trop d'informations, juste ce qu'il faut. Je pense que Blast est un pseudo. Un nom de guerre. Il a dit « on m'appelle Blast ». On va demander à ton ami Davidson s'il a déjà entendu parler de lui.

— Je vais regarder si je trouve des choses sur lui, complète Moïse.

Stan marche. Lentement. Le bruit métallique de chacun de ses pas résonne dans le container, comme un grincement sourd. Il analyse :

— Blast est intelligent. Ce n'est pas le même genre de brute épaisse que nous avions eu la dernière fois avec les 400 Mawozo. Je ne sais pas si c'est une bonne ou une mauvaise nouvelle. Nous verrons bien. Prochain appel dans trois heures. En attendant, j'appelle Martha Hall pour lui dire que nous avons pris contact et la tenir informée. Et voir quel est notre budget pour la rançon.

Stan sort du container pour s'aérer un peu. Marcher. Souffler pour relâcher la tension. À quelques mètres de lui, il aperçoit un nez. Minuscule. Le chat est revenu. Toujours aussi noir. Toujours aussi craintif. Cette fois, il est sous une palette, bien à l'abri sous un stock de bouteilles en plastique.

Le négociateur s'accroupit pour se mettre à la hauteur de l'animal. Comme la dernière fois, il pose sa main sur le sol. Il voit les yeux du félin rivés sur lui. Deux billes de lumière qui le fixent. Le jaugent. Il essaye d'entrer en contact :

— Hé ! Petit chat. Tu viens ?

Sans succès. L'animal ne bouge pas. Mais il ne s'enfuit pas. Pas cette fois. Stan n'insiste pas. Comme dans une négociation, il faut parfois attendre que ce soit l'autre qui décide d'entrer en relation.

Chapitre 18

Paris.

— Un million de dollars. C'est une somme !

Le juge Lombard n'est pas du genre à tourner autour du pot. Surtout quand il s'adresse à un policier. Mais Marc le connaît depuis assez longtemps pour ne pas prendre ombrage de la rigidité de ses propos.

— Je n'ai pas d'autres solutions, monsieur le juge. Mais si vous en avez une, je suis preneur.

Sans répondre, Lombard s'est levé pour marcher dans son bureau.

— Si je comprends bien, commissaire, on va payer des criminels pour garder un criminel en prison ?

— Oui. C'est exactement cela.

— Et vous avez tenu à m'en parler. Vous espérez mon assentiment ? Mon autorisation avec ma signature et la Marianne au bas de la page ?

Marc décide de ne pas en rajouter. Il est un habitué de ce petit jeu avec le juge Lombard. Mais son ego prend le dessus sur la raison :

— S'il fallait attendre des signatures de juges et des Marianne pour interpeller les terroristes en France, nous aurions des attentats tous les jours.

Le juge retourne s'asseoir, et regarde Marc dans les yeux :

— Disons que je n'ai rien entendu.

— La colonelle Cluzel a visiblement été prise en otage par un gang de Cité Soleil, à Port-au-Prince. Le négociateur a mené un premier contact, avec un ravisseur qui s'est présenté sous le nom de Blast. Il demande un million de dollars. On pense que c'est une posture. On va négocier pour payer moins.

— Le négociateur est un de vos hommes ?

— Non. Un ex-policier du RAID. Un pro. Et un ami.

Le juge se lève encore. Pour réfléchir. Il tourne autour du fauteuil de Marc.

— Où allez-vous trouver l'argent ?

— J'ai un budget pour ce genre de dépenses imprévues.

— Bon. Encore heureux que vous ne soyez pas venu me demander de vous aider là-dessus. Tenez-moi informé des avancées de votre négociateur.

Chapitre 19

Haïti.

— Jinau, je peux te sortir de là.

Le principe de la pêche au toc, c'est de ferrer le poisson au bon moment. Trop tôt, il n'a pas mordu. Trop tard, il a compris que l'appât est un piège. Céline doit ferrer. Maintenant.

— Écoute-moi. Écoute-moi, Jinau. Si tu m'aides à m'échapper, tout change. Personne ne sait que tu as participé à l'enlèvement à part moi. Tu m'aides à sortir, on part tous les deux, et tu deviens un héros. Tu changes de vie et tu sauves la mienne.

L'instinct de survie a ce côté surprenant de classer les priorités dans l'urgence. Céline ne supporte pas le mensonge, la mauvaise foi. Elle dit toujours ce qu'elle pense. À tout le monde. Ça lui coûte cher depuis toujours, mais elle assume. Bretonne du côté de sa mère, aveyronnaise du côté de son père, autant dire qu'elle vient d'une culture trempée dans l'eau froide, et le mensonge ne fait pas partie de cette culture. Mais aujourd'hui, elle est prête à promettre n'importe quoi pourvu qu'elle puisse manipuler Jinau. Le retourner pour transformer l'ennemi en allié. Même un court instant, juste le temps de filer.

— Je te jure que je vais t'emmener avec moi. Fais-moi confiance. On sort de là et tu deviens libre.

Le jeune homme baisse les yeux. Il se balance d'un pied sur l'autre. Comme un enfant qu'on gronde. Qui regrette. Céline s'est approchée de lui. D'un coup d'œil, elle voit qu'il a laissé la porte ouverte. Il lui suffirait de le frapper, fort. De lui donner un grand coup de genou pour qu'il s'effondre et qu'elle s'échappe.

Sterling la sort de son projet fou. Il vient de passer la porte de la cave et s'approche de Jinau. Avant que le jeune Haïtien n'ait eu le temps d'ouvrir la bouche, Sterling lui assène un violent coup de poing. Jinau s'écroule. Céline recule vers le lit, en titubant, surprise et effrayée. Sterling s'accroupit et se penche vers Jinau, sonné :

— Elle a encore faim, c'est ça ?

La question n'attend pas de réponse. S'y risquer serait dangereux, et Jinau l'a bien compris. Sterling s'approche ensuite de Céline, qui s'est assise sur le bord de son lit. La lampe du plafond crée un contre-jour désagréable, et elle ne parvient pas à discerner autre chose que la silhouette de son ravisseur.

— Tu as faim ?

— Oui, répond Céline, en bredouillant.

— J'ai grandi avec la faim. Alors essaye de t'en faire une amie, parce que tu manges plus. T'es pas là pour parler avec Jinau. T'es là pour te taire, OK ?

Sterling ne plaisante pas. Le bruit du lourd coup de poing qui a couché Jinau résonne encore dans la tête de la chirurgienne. Comme le bruit de son corps qui s'effondre par terre. Sterling s'accroupit pour se mettre à sa hauteur. Céline tremble comme une feuille. De manière incontrôlée. Presque ridicule. Elle voit désormais le visage de l'homme. La lumière luit sur le front et les joues de son geôlier. Il a la peau grêlée, avec des lésions cutanées typiques d'une varicelle mal soignée. Céline ne voit pas ses yeux, masqués par le contre-jour.

— Qui tu connais dans ton ONG de médecins qui s'appelle Stanislas ?

— Quoi ?

Sterling souffle, comme quelqu'un qui n'aime pas se répéter. Son haleine sent l'alcool. D'un geste brusque, il frappe d'un revers de la main le visage de Céline qui s'effondre sur son lit, déséquilibrée par la surprise et par la violence du coup. Elle se redresse tant bien que mal, et sent les larmes monter à ses yeux.

— Pleure pas. Et réponds. Qui tu connais dans ton ONG de médecins qui s'appelle Stanislas ?

Céline est sous le choc. Elle a du mal à comprendre la question. Mais elle sait que si elle ne répond pas, les coups vont encore pleuvoir.

— Je ne connais pas tout le monde. Il y en a un qui s'appelle Paul. Un autre, c'est Mike.

— Et Stanislas ? Qui fait la logistique ?

Il n'y a pas de logisticien au sein de Chirurgiens sans frontières en Haïti. L'association est trop petite, c'est Paul qui s'occupe de ça. Alors, si quelqu'un s'est fait passer pour un logisticien, c'est qu'il doit y avoir une bonne raison.

— Oui, il y a un gars pour la logistique. Possible qu'il s'appelle Stanislas. Je suis arrivée il y a quelques jours, je ne connais pas tout le monde.

— OK.

Sterling se redresse, laissant voir à Céline que Jinau n'est déjà plus dans la cave. L'homme se dirige vers la porte, et la referme en faisant jouer le verrou qui condamne sa prisonnière à rester dans son trou à rats.

Elle se couche sur son lit et laisse les sanglots sortir. Sa joue est brûlante, la gifle qu'on lui a assénée a été cinglante. Monumentale. Mais maintenant, elle sait qu'il y a une personne qui échange avec ses ravisseurs. Un négociateur. Sûrement. Ça veut dire qu'on s'occupe de son cas, et ça, c'est une bonne nouvelle.

Stanislas. Ce prénom, prononcé par Sterling, résonne dans sa mémoire. Stanislas. Elle en a connu un. Un militaire. Forces spéciales. Un crash d'hélico. Et un coup de cœur. Mais c'était il y a tellement longtemps que même les traits de son visage se sont estompés dans ses souvenirs. Seule sa voix reste intacte dans sa mémoire. Une voix profonde. Claire. Envoûtante. Rassurante.

Chapitre 20

Port-au-Prince.

— Vous n'aurez pas un million. Je suis désolé, Blast, mais il y a des choses que je peux faire et d'autres que je ne peux pas faire. Un million, ce ne sera pas possible.

C'est un coup de dés. Risqué, comme à chaque fois que Stan tente ce genre de technique. Dans le container transformé en salle de crise, tout le monde retient son souffle. Paul, qui a été invité à assister à ce contact, est en apnée. Plus aucun trait ne bouge sur son visage, seules quelques gouttes de sueur coulent le long de son front.

Il est primordial de poser des limites dès le début de la négociation. De définir un cadre au-delà duquel on n'ira pas. Stan ne le sait que trop, et il connaît aussi les risques que cela implique. Il respire doucement en attendant la réponse de Blast, qui ne tarde pas.

— L'argent, c'est votre problème. Vous pensez que le docteur ne vaut pas un million ?

— Il ne s'agit pas d'une question de montant mais d'une question de disponibilité. Croyez-moi, si j'avais cet argent, nous serions déjà en train de discuter de la façon de faire l'échange. Mais je suis dans l'incapacité de trouver une telle somme.

Blast réfléchit. Il ne répond pas. C'est plutôt bon signe : il ne dit pas non.

— Vous avez demandé à l'ambassade de France ? interroge-t-il avec son accent créole.

— Non.

— Pourquoi ?

— Ils n'auront jamais une telle somme disponible, et faire venir l'argent depuis la France serait long et compliqué. Et nous n'avons pas envie de voir débarquer les officiels et les diplomates. Je suis un ancien militaire, je connais les arcanes de l'administration. Cela va nous ralentir et ce n'est pas ce que nous souhaitons.

Stan vient de mettre son enjeu sur la table : le temps. Il souhaite que la libération soit la plus rapide possible. Il teste la réaction de son interlocuteur sur la question du temps et de l'urgence.

— Stanislas, vous connaissez le docteur ?

— Nous avons déjà travaillé ensemble. Une mission, il y a très longtemps.

Nathalie fixe le négociateur, qui sent peser sur lui le regard de sa collègue. Elle cherche à comprendre la relation qui le lie à l'otage. La phrase que Stan vient de prononcer est sortie trop naturellement pour qu'elle ne soit qu'une pure astuce de négociateur. Stan ne lève pas les yeux en attendant la réponse de Blast.

— Vous ne voudriez pas la voir souffrir ? Imaginez sa tête se tordre de douleur quand on va lui couper une main. Ça ne sera pas facile d'opérer avec une seule main, non ?

Paul Lindmann ne peut retenir un soubresaut. Nathalie n'a pas bronché, ses yeux toujours fixés sur Stan. La menace fait partie du jeu dans ce genre de négociation. Stan reprend la main :

— Écoutez, ce que nous voulons, vous et moi, c'est arriver à une solution rapide. Et favorable pour tout le monde.

— Alors, payez ce qu'on vous demande et vous récupérerez le docteur. Rapidement, puisque c'est important pour vous.

— Je fais de mon mieux avec ce que j'ai ici.

— Stanislas, je pense que vous n'en êtes pas à votre première négociation.

Moïse lève les yeux. Son patron est fluide, efficace. Un peu trop. Blast a peut-être senti qu'il avait affaire à un expert. Le ravisseur interroge Stan :

— Vous êtes un professionnel de la négociation ?

— Je vous l'ai dit, je suis un professionnel de la logistique. Je négocie pour mon boulot, tous les jours.

Un silence s'installe. Si Blast doute, il ne le dira pas. Autant ne pas perdre le rythme et ne pas laisser trop de temps au ravisseur pour réfléchir.

— Je dois appeler Chirurgiens sans frontières à Paris, après que nous aurons raccroché. Je vais leur demander de faire un effort sur l'argent. Mais ils vont me demander comment va le Dr Cluzel, et je ne peux pas me contenter de la photo que vous nous avez envoyée. Il faut que je lui parle. Directement.

La preuve de vie est un élément fondamental dans la partie qui se joue. Parler à l'otage présente plusieurs avantages : on s'assure qu'il est toujours vivant et en bonne santé, on le fait parler autant que faire se peut pour essayer d'obtenir des renseignements, et surtout on lui montre qu'on s'occupe de lui. L'espoir est une potion magique quand vous êtes enfermé loin de chez vous. Il n'y a rien de pire qu'un otage qui perd l'espoir : il peut déraper, tenter l'impossible, essayer de s'enfuir. À Cité Soleil, ce genre de comportement vous coûte la vie.

— Tu lui parles demain. Avant, tu appelles ton ONG et tu lui dis de payer. Sinon, on lui coupe une main.

— OK, OK. Merci, Blast. Je te promets que je fais le maximum. Quand est-ce qu'on se recontacte ?

— Demain.

— À quelle heure ?

— Tu verras…

Fin de la communication. Paul Lindmann expire bruyamment, comme un nageur qui sort la tête de l'eau. Moïse ôte son casque et coupe l'enregistrement. Il lance à la cantonade :

— Le téléphone borne toujours à Cité Soleil.

Stan se lève, s'étire, gronde un peu. Il tourne sa tête, étire le haut de sa colonne vertébrale. La pression est vive, quand vous êtes au contact. Jusqu'au moment où vous raccrochez et où la tension doit s'échapper. Nathalie jette un œil sur ses notes :

— On dirait que le temps n'est pas une contrainte. Il a dit : « Payez ce qu'on vous demande et vous récupérerez le Docteur. Rapidement. » Et tu as vu, il est passé au tutoiement à la fin de votre échange. Tu l'as suivi là-dessus, d'ailleurs.

— Et c'est bien ? demande Paul.

— Pas mal, répond Stan. On a créé une proximité. Le début de la confiance. On en aura besoin pour la suite.

Nathalie reprend :

— Par contre, il s'est un peu agacé à la fin. Il n'a pas fixé d'heure de reprise de contact.

— Oui. Ou alors il a besoin de préparer la discussion avec l'otage. Il est possible qu'elle ne soit pas au même endroit que Blast. J'ai déjà vu ça.

— Et la menace de lui couper la main ? demande Paul.

— Ne vous inquiétez pas pour ça, c'est logique. Blast doit rééquilibrer le rapport de force pour obtenir une rançon maximale. Il y a peu de chance qu'il passe à l'acte, surtout en tout début de négociation. Blast sait qu'il ne risque rien là où il est, il fait monter la pression. Pas vraiment inquiétant à ce stade.

Moïse referme sa valise technique et propose :

— On va manger quelque chose ? Je vous avoue que je commence à avoir faim.

— Moi aussi, complète Nathalie.

— Vous avez raison, on a besoin de se poser un peu, conclut Stan.

Paul Lindmann, qui a repris des couleurs, propose :

— J'ai réservé trois chambres au Marriott. C'est là que nous sommes tous logés, et nous avons maintenant un agent de sécurité armé pour les déplacements. Je vous emmène.

En regroupant ses affaires pour aller prendre un peu d'un repos attendu et mérité, Stan jette un œil alentour. Il s'accroupit. Tourne sur lui-même. Mais il faut se rendre à l'évidence : pas de boule de poils nichée sous un bureau ou dans un carton. Le chat n'est plus là.

Chapitre 21

Clamart.

Bonne nouvelle. Les doigts bougent. Outre le fait que cela confirme qu'ils sont toujours à leur place, cela implique aussi qu'Elena retrouve des sensations physiques. Des bribes de conscience qui sont peut-être les prémices de bonnes nouvelles. Elle ne peut rien bouger d'autre, mais elle sent les extrémités de ses mains, et cela faisait bien longtemps qu'elle n'avait pas éprouvé cela.

Mauvaise nouvelle : les carrés du plafond défilent beaucoup trop vite pour que tout aille bien. Son regard perçoit qu'elle se déplace, rapidement, mais son oreille interne ne reçoit pas d'information là-dessus. Elena devrait donc avoir la nausée, mais non. Aucune sensation désagréable. Aucune pression dans son estomac. Cela dit, depuis qu'elle n'éprouve plus rien, se rappellerait-elle ce que l'on ressent quand on a la nausée ?

Un souvenir revient à sa mémoire : l'odeur insupportable d'un cadavre putride dans un coffre de voiture. C'était à Moscou. Elena avait retrouvé la dépouille d'un homme dans le coffre d'une des voitures de Milo. Un corps qui avait dû rester là des heures, au soleil. La peau était toute noire, boursouflée. L'odeur était pestilentielle.

Elle se rappelle qu'elle avait eu la nausée, ce jour-là. Mais rien à faire, elle ne parvient pas à se souvenir de la sensation éprouvée. Dommage.

Tiens. Le plafond change. Les personnes qui s'agitent autour d'elle aussi. On lui passe des tubes au-dessus de la tête. Des fils. Ça ne sent pas bon. On dirait vraiment les séries télé dont elle raffolait, avant de se retrouver enfermée en elle-même. Au fait, quel est le son de sa voix ? Tout en voyant que tout bouge autour d'elle, Elena réalise que quand elle se parle dans sa tête, elle ne se souvient plus du son de sa propre voix. Comme elle n'a rien entendu depuis longtemps, elle tente de se souvenir du son des voix. Mais on dirait que c'est impossible. C'est amusant, ça. Étonnant, même. Cela dit, plus rien ne pourrait l'étonner. Au point où elle en est.

Une personne passe rapidement au-dessus d'elle, regarde dans son œil. Tire un peu la paupière. « Bonjour, monsieur » se dit intérieurement la jeune femme. Il a un calot de chirurgien, un masque. Bleu pâle. Non, décidément cela ne sent pas bon pour elle. Qui dit affolement dit urgence, et qui dit urgence dit… que tout ce ramdam ne présage vraiment rien de bon. Elena va peut-être mourir, alors. Ce n'est pas si grave. Mieux, ce serait une bonne solution. Cela ne l'intéresse plus de vivre comme ça. Vivre. Ce n'est même plus cela. Ni survivre. Cet enfermement est insupportable. Trop long. Trop lent. Trop vide de tout.

Elena sent qu'elle s'endort doucement. Plus aucune sensation dans les doigts. Dommage, c'était bien. Elena est déçue. Mais elle ne parvient plus à réfléchir. L'anesthésie commence à faire son œuvre. Elle a juste le temps de se dire : « Cela suffit. Pourvu que ce soit la dernière fois. »

Chapitre 22

Port-au-Prince.

Les alarmes sonnent sans discontinuer. Bip. Bip. Bip. Bip. *Un bruit obsédant. Les lumières rouges clignotent dans tous les sens, signe que cela va mal se terminer. Stan cherche son arme de secours dans son gilet tactique. Son arme longue a valdingué quand ils ont ressenti le premier choc. Maintenant, tout tourne de manière chaotique et sa seule pensée, c'est de récupérer son back-up. Son Smith & Wesson Bodyguard. Le bien nommé. Petit. Puissant. En calibre 38. Chien caréné pour éviter de s'accrocher dans les vêtements. Il a beau fouiller dans ses poches, pas de Bodyguard. Il faut absolument qu'il le trouve. S'il est capturé, il sera torturé. Brûlé vif. Comme un chien. Ils diffuseront les images sur les chaînes d'information. Il ne faut pas qu'il soit pris vivant. S'il survit au crash, il ne peut rien espérer. Leur mission est clandestine. Personne ne viendra les chercher. Il faudra qu'il se mette une balle…*

Stan ouvre enfin les yeux. Il est en sueur. Les alarmes sont toujours là. *Bip. Bip. Bip.* Il tend la main vers son téléphone. C'est Martha Hall qui appelle. Il fait glisser son doigt sur l'écran pour faire cesser ce bruit insupportable, et répond d'une voix mal réveillée :

— Bonjour Martha.

— Bonjour M. Monville.

— Appelez-moi Stan, Martha. Surtout quand vous me réveillez en pleine nuit.

Les joies du décalage horaire. Les jours des uns sont les nuits des autres. Stan avait pourtant réussi à bien retarder son endormissement pour se caler sur les horaires locaux. Mais la commissaire Hall a d'autres chats à fouetter que de comparer les montres entre Paris et Port-au-Prince.

— Désolée de vous sortir du lit à cette heure mais Elena Orasca vient de faire une embolie cérébrale.

— Elle est morte ?

— Non.

— Bon. Rien de nouveau, alors. Il faut aller vite.

Tout ça pour ça. La commissaire Hall le réveille en pleine nuit pour lui confirmer qu'il faut aller vite. Comme s'il n'avait pas ce détail en tête.

— Je voulais aussi vous appeler pour vous dire que Marc a eu le feu vert de la direction. On est OK pour un million de dollars.

S'il n'était pas assis sur son lit, Stan serait tombé de sa chaise. En plus de vingt ans d'expérience, c'est la première fois qu'il obtient un feu vert sur une position initiale aussi élevée, et sans même l'avoir demandé. On dirait que la France ne veut vraiment pas que Milo Louchenko retrouve la liberté. Ce monsieur doit avoir des informations croustillantes.

— Martha, vous n'avez jamais négocié dans le cadre d'une prise d'otage ?

— Non.

— Ni dans d'autres situations, d'ailleurs ?

— Pourquoi dites-vous cela ?

— Vous avez des enfants ?

— Oui. Mais je ne comprends pas le rapport.

— À partir de maintenant, dites « oui » systématiquement chaque fois que vos enfants vont vous demander quelque chose.

— Eh bien ?

— Eh bien vous verrez qu'ils ne s'arrêteront jamais de vous demander des choses. S'ils obtiennent immédiatement et systématiquement tout ce qu'ils vous demandent, ils ne vont pas cesser de réclamer ni d'augmenter leurs demandes. Surtout si cela ne leur coûte rien.

La commissaire de police ne répond pas. Soit elle n'a pas compris, soit elle est vexée. Soit les deux. Stan poursuit :

— Cela s'appelle le principe de résistance. Dire non à la première demande permet de donner de la valeur à ce que l'on va céder ensuite, même si c'est moins important que la première demande, parce qu'on aura dû fournir un effort pour l'obtenir.

Toujours le silence. Stan jette un œil sur l'écran pour s'assurer que la liaison n'a pas été coupée. Jusqu'à ce que la voix de Martha se fasse entendre.

— Bon, vous n'allez pas me prendre dans votre équipe, si je comprends bien.

— Détrompez-vous. Commettre une erreur est un apprentissage, et vous venez d'apprendre le principe de résistance. C'est un bon début.

— Alors je ne désespère pas d'une reconversion, lâche ironiquement Martha.

— Merci pour le budget. Nous avons déjà dit aux ravisseurs qu'ils n'auraient pas cette somme. Si nous avions accepté tout de suite, ils auraient accru leur demande. Mais si nous avons un tel budget, cela me donne les coudées franches pour la suite. Vous pouvez me faire acheminer le cash ici ?

— On récupère les fonds ce matin, ils partent cet après-midi vers la Martinique par un vol militaire de liaison, et on va prévoir un avion plus discret pour acheminer ça en Haïti. On le fera transporter par des opérateurs du RAID en civil. Je vous donnerai les infos sur le point de rendez-vous à Port-au-Prince. Vous devriez avoir ça demain après-midi je pense.

— OK, merci Martha. Passez le bonjour à Marc.

Alors que l'appel se coupe, Stan voit l'heure sur son téléphone. 4h44. Il se lève et tend les bras vers le plafond pour dérouler son corps. Les lits du Marriott ne valent pas le sien, et son dos le lui rappellera forcément toute la journée.

Quelqu'un frappe à la porte. En douceur. Le négociateur s'approche et ouvre prudemment. C'est Nathalie. Elle est en tenue de sport, et elle a l'air bien réveillée. Il ouvre la porte et laisse entrer sa collègue, qui referme derrière elle.

— Tu ne dors pas ? demande Stan.

— Je me suis réveillée tôt. J'allais faire une séance de sport, il y a une salle au dernier étage. Tu viens ?

— Non, j'ai mal au dos.

Nathalie se dirige vers la baie vitrée de la chambre. Devant elle, Port-au-Prince sommeille encore. Ou du moins ceux qui ne dorment pas ne se montrent pas. Devant elle, les flancs des montagnes, au sud, et les lumières qui commencent à s'allumer dans les petites maisons claires, signe que la ville se réveille petit à petit. Juste à ses pieds, la lueur de la piscine bleutée du

Marriott se reflète sur les palmiers du jardin. Nath se retourne vers Stan :

— Comment tu connais Céline Cluzel ?

Voilà donc la raison de cette visite matutinale : rien à voir avec le sport. Nathalie et sa curiosité légendaire, potentialisée par une jalousie qu'elle ne reconnaîtra jamais. La laisser dans l'ignorance ne serait pas bon. Ni pour elle, ni pour Stan, ni pour la mission.

— J'ai connu le docteur Céline Cluzel en 1993. J'étais un jeune militaire. Troupes aéroportées. Je venais d'intégrer un régiment au sein du tout nouveau commandement des opérations spéciales. Nous avons été envoyés dans les environs de Kandahar pour une mission clandestine de renseignement. Officiellement, il n'y avait pas de troupes françaises en Afghanistan.

Tout en parlant, Stan sent son cœur s'accélérer. Il poursuit :

— Sur le chemin du retour, notre hélico a pris une roquette. Toute l'équipe est morte dans le crash. Je m'en suis sorti, mais j'ai dû attendre des heures qu'on vienne m'exfiltrer. Je n'ai pas de souvenir de ce qui s'est passé après. Quand je me suis réveillé, j'étais face à une jeune médecin militaire. J'ai appris qu'elle m'avait opéré contre l'avis des autres docteurs. Sous une tente, avec les moyens du bord. Je suis aujourd'hui sur mes deux jambes parce qu'elle a osé faire ce que les autres n'ont pas osé.

Nathalie sent la tension de Stan dans sa voix. Elle s'approche et pose sa main sur l'épaule du négociateur. Elle retrouve le contact de sa peau. Ce contact qu'elle a tant aimé. Ce contact qui lui manque. Elle fait glisser doucement ses doigts le long du deltoïde, pour arriver à la base du cou. Stan pose sa main sur la sienne, pour arrêter le mouvement. Il se lève et se dirige vers la baie vitrée. Nathalie sait qu'il y a autre chose. Elle le sait depuis que Stan a appelé l'otage « Céline ».

— Tu l'as revue, après ?

— Oui. Nous nous sommes revus à Paris. Je voulais la remercier. La revoir.

— Et vous avez…

Nathalie a arrêté sa phrase avant la fin. De peur d'avoir une réponse qu'elle ne souhaite pas entendre. Stan connaît la suite.

— Non. J'en ai eu très envie. Je sais qu'elle aussi. Nous avons échangé quelques lettres. Nous avions prévu de nous revoir mais je ne suis pas allé au rendez-vous. Et puis j'ai quitté l'armée, et je n'ai plus jamais entendu parler d'elle. Voilà, tu sais tout.

Le négociateur se sent soulagé. Nathalie est une amie. Elle a été une amante. Leur relation va au-delà de la plupart des rapports entre un homme et une femme. Il n'aurait pas voulu que cette mission vienne abîmer ce lien.

Il se retourne et lâche :

— Finalement, je vais venir avec toi à la salle de sport.

Chapitre 23

Port-au-Prince.

— Alors, tu as trouvé qui se cache derrière le pseudo de Blast ?

Davidson vient à peine de rejoindre l'équipe de Stan qu'il est déjà soumis à la question. Même s'il connaît Stan et son impatience chronique, il pourrait au moins espérer quelques banalités avant d'entrer dans le vif du sujet.

Un début de cacophonie matinale commence à naître dans le hangar des ONG. Un mélange de créole et de français qui rebondit contre les tôles chauffées par les premiers rayons du soleil. Les bénévoles s'agitent dans les odeurs de café fort. Au cœur de tout ce micmac, Davidson a l'air d'un vendeur de cigarettes de contrebande désinvolte qui propose ses services avec un sourire. Mais ses yeux disent le contraire. Il y a trop d'horreurs à voir dans le quotidien d'un flic infiltré.

Avant que son ami ne commence à parler, Stan pose sa main sur l'épaule de Davidson :

— Attends, on va en discuter au bureau.

— Le bureau ? interroge le policier haïtien.

Stan est déjà parti vers le fond du hangar. Nathalie lui a emboîté le pas. Tout à sa surprise, Davidson suit.

Jusqu'au container. La porte est entrouverte, et une fois le sas de cartons passé, le petit groupe retrouve Moïse assis derrière deux écrans. L'Israélien fait un salut militaire, avec deux doigts posés sur son front. Davidson répond par un signe de tête puis regarde autour de lui avec étonnement :

— Les gars ! Il est top, votre bureau ! Vous vous êtes vite mis au diapason local, on dirait.

Stan s'assoit sur un coin de la table sur laquelle gisent des gobelets en carton couchés sur le flanc. Il est impatient d'en savoir un peu plus sur le ravisseur.

— Alors, Blast ? Il sort d'où ?

— Ce nom n'apparaît qu'une seule fois dans nos fichiers. La seule mention que j'aie trouvée d'un nommé Blast est liée à un homicide. Un témoin a prononcé ce nom. Ce serait celui d'un homme de main. Haut de gamme.

— Haut de gamme ?

— Oui. Il travaille pour les familles. Les riches de Haïti.

— Tu es sûr de toi ?

— On n'est jamais sûr, mais ce nom ne ressort pas ailleurs.

— Il ne fait pas partie des 400 Mawozo ? demande Nathalie.

— Non, c'est certain, répond Davidson. S'il était dans un gang, son nom serait sa signature, on le retrouverait partout. Là, on n'a presque rien.

— On n'a pas plus d'infos sur son identité ? interroge Stan.

— Je suis resté discret, je n'ai pas appelé tous mes contacts. Mais si ton Blast est celui dont je parle, on ne l'a jamais trouvé sur un kidnapping. Je continue à me renseigner.

— Bon...

Stan ne sait pas trop quoi penser de cette information. Il interroge Nathalie du regard, qui tente une hypothèse :

— Une revente. Ou une commande.

— Une revente ? demande Davidson.

Stan reprend la parole :

— Les kidnappeurs ont eu les yeux plus gros que le ventre en enlevant une Européenne. Du coup, ils revendent l'otage à quelqu'un qui a les reins plus solides pour gérer la négo.

— Ou une commande, complète Nathalie. On lui a demandé de capturer quelqu'un qui a de la valeur, plus qu'un local qui ne vaut pas grand-chose, et pas un Américain pour ne pas avoir le FBI sur le dos. Une Française, c'est bien.

Moïse interrompt la discussion :

— Un appel sur le téléphone de contact ! Même numéro qu'hier !

En quelques secondes, tout le monde se met en place, laissant Davidson désemparé. Stan a mis son casque sur les oreilles, regarde Moïse qui lui fait un geste avec le pouce levé indiquant qu'il est prêt à enregistrer. Stan ouvre le bal :

— Contact ! avant de faire signe à Moïse pour décrocher et mettre le son sur le haut-parleur central.

Le silence oppressant qui s'était installé dans le container quelques secondes auparavant est rompu par la voix de Blast. Comme un coup de couteau.

— Bonjour Stanislas.

Davidson s'est assis. Il a la bouche entrouverte, il écoute pour la première fois la voix du ravisseur.

— Bonjour Blast, répond Stan sur le même ton.

— Tu as pu parler à tes chefs, Stanislas ? Au sujet de mon argent.

— Oui. Je les ai eus hier soir. On est d'accord pour payer. Vite.

— Bien. J'étais sûr que tu étais un excellent négociateur.

Stan laisse filer une bribe de silence avant de répondre. Parce que Blast ne va pas aimer ce qui va suivre.

— En revanche, je n'ai pas le montant que tu nous as demandé.

Au tour du ravisseur de suspendre le temps, pour quelques secondes encore :

— Tu paies moins que ce que je demande, je te rends le docteur avec une main en moins.

— Blast. Ne me mets pas la pression. Je fais ce que je peux.

— Si tu fais tout ce que tu peux, trouve-moi mon argent.

— Je vais te trouver de l'argent. Je te le promets.

Nathalie fait un signe de la main avec son pouce. Stan minimise la demande. Il parle d'argent, pas de million. Le négociateur enfonce le clou :

— Mes chefs me mettent aussi la pression pour savoir si le Dr Cluzel va bien. Il faut que je lui parle.

— Non. Tu lui parles quand tu as mon argent.

— Pour avoir ton argent, il faut que je lui parle. Tu vois, on pourrait tourner en rond longtemps comme ça.

L'équipe perçoit le souffle du ravisseur. Un long soupir. Et une sentence.

— OK. Je vais demander qu'on lui coupe une main et qu'on l'envoie à tes patrons.

— Blast ! Je suis là pour qu'on trouve une solution. Crois-moi, si j'avais un million sous la main, il serait déjà dans ta poche et le Dr Cluzel serait en route pour la France. Aide-moi, Blast, aide-moi à trouver ton argent.

La tension est insoutenable. Davidson n'a pas fermé la bouche depuis le début de l'échange. Il ne voudrait être dans les chaussures de Stan pour rien au monde.

— OK. Je te rappelle cet après-midi et tu lui parles. Et tu trouves mon argent !

Blast raccroche avant que le négociateur n'ait pu répondre. Ce n'était pas une discussion agréable, mais au moins, on avance. Doucement.

Chapitre 24

Haïti.

— Tu m'aideras ? Vraiment ? Tu jures ?

— Je te promets, Jinau. Tu peux compter sur moi, je tiens toujours mes promesses.

Le jeune homme s'est redressé. Dans la lumière blafarde de la lampe, Céline voit qu'il est tendu. Les muscles de ses mâchoires se crispent par à-coups, à l'instar d'une artère qui enfle au moment d'une décision cruciale. Ses yeux s'affolent en même temps que sa respiration.

Le temps semble suspendu. Même les insectes sur le sol et sur les murs semblent s'être arrêtés, figés par la tension. La cave nauséabonde est devenue le théâtre d'un coup de bluff monumental. Céline tente le tout pour le tout, elle n'aura pas de seconde chance.

Sans rien dire, Jinau tourne les talons et quitte la pièce, laissant la chirurgienne à sa cellule humide et à sa solitude. Visiblement, elle n'a pas réussi à toucher le reste d'humanité du chauffeur. La chirurgienne s'allonge sur son lit. Mais quelque chose manque. Un bruit. Celui du verrou métallique qui condamne la porte de la cave. Jinau est ressorti sans avoir refermé le verrou derrière lui.

Son cœur se met à battre la chamade. Elle a réussi à retourner le gamin. Avec un frisson de cet espoir enfin revenu, Céline se redresse et tend l'oreille vers la porte. Vers le couloir. La possibilité de liberté se matérialise, et chaque parcelle de son être la pousse à prendre le risque. À se lever pour sortir. Silencieusement, elle s'approche de l'encoignure de la porte. Son souffle devient un chuchotement dans l'atmosphère confinée de la cave. Elle pousse la porte, découvrant un couloir à peine éclairé par l'ouverture qui mène à ce qui a l'air d'être le rez-de-chaussée.

Ce couloir devient le complice de son évasion. Céline avance sans heurt, chaque bruit la fige. Elle hésite entre courir, au risque d'être entendue, et avancer en catimini, au risque de ne pas avoir le temps de s'enfuir.

Ce sera la course. Dans un bond, Céline fonce vers l'escalier qu'elle dévore quatre à quatre. La porte qu'elle franchit l'amène directement à l'extérieur, dans un jardin luxuriant. L'air libre gonfle ses poumons. Il la brûle, comme pour la purifier des scories d'humidité et des bêtes grouillantes de la cave. Le soleil crève ses yeux. Mais peu importe, il faut qu'elle bouge. Réflexe de militaire, elle se colle au mur. Observe. Écoute. Tous ses sens sont en éveil.

Céline constate qu'elle est vêtue comme elle était partie du State University Hospital. Un jean couvert de taches, un polo clair, une veste en toile. Des baskets, autrefois blanches, désormais teintées du rouge de la terre de la cave. En se retournant, Céline voit qu'elle est adossée à une vieille maison en bois délabrée, visiblement délaissée. En un nouveau bond, elle s'enfonce dans le jardin pour s'accroupir derrière un buisson. Au pied d'un énorme frangipanier à fleurs jaunes, laissé lui aussi à l'abandon.

Depuis son nouveau poste d'observation, la chirurgienne reprend confiance et reprend son souffle. Elle est parvenue à sortir de sa cellule en quelques secondes, même si elles lui ont paru durer des heures. Vue d'ici, la maison est la relique d'une splendeur coloniale passée, abandonnée aux caprices du temps. Les hautes herbes et les lianes s'accrochent aux pieds des balustrades écaillées et escaladent des murs recouverts de graffitis criards.

Une voix la glace. Celle de Sterling. L'homme vient d'apparaître à l'angle de la maison, accompagné par un autre. Il parle fort. Les mêmes intonations saccadées dans sa voix, comme lorsqu'il a frappé Céline. Les deux Haïtiens rient, en avançant tranquillement. Ils s'installent dans des fauteuils vieillots, posés dans le jardin et déjà envahis par les herbes. Céline les entend parler, sans vraiment comprendre ce qu'ils disent.

La chirurgienne est désormais prisonnière du jardin. Bouger la ferait repérer immédiatement. Tant que les deux hommes sont là, il ne faut pas faire un seul geste. Elle n'en a pas l'intention. Ni même la possibilité. Son cerveau reptilien la fige, comme un réflexe vital pour que personne ne puisse détecter le moindre mouvement. Elle se tasse sur elle-même, retient son souffle. Disparaît dans le décor.

C'est la première fois qu'elle voit réellement Sterling. À la lumière. Vêtu d'un survêtement vert, coiffé d'une casquette, il dodeline mollement de la tête. De grandes dents blanches apparaissent chaque fois qu'il rit au milieu d'une barbe sombre. L'autre homme n'est pas plus âgé. Il est torse nu, avec un jean trop bas sur ses hanches qui laisse apparaître la copie d'un caleçon de marque. Il porte un bob et des lunettes de soleil. Comme Sterling, il ressemble à tous ces gamins des gangs de Cité Soleil. Sauf qu'on n'est pas à Cité Soleil. Céline n'est pas une experte des maisons haïtiennes, mais il n'y a pas de maison coloniale avec un si grand jardin dans les bidonvilles de Port-au-Prince. On est ailleurs.

Le bruit qui semble provenir de la rue est différent de ce qu'elle entendait à Port-au-Prince. Ce n'est pas le même vacarme. Beaucoup moins de klaxons. De cris. Mais il y a du monde. Ça parle, et elle perçoit par intermittence des personnes aux tenues colorées qui passent de l'autre côté, en façade de la propriété.

Un troisième homme apparaît au coin de la maison. Il crie à Sterling et à son acolyte, assez fort pour que Céline comprenne :

— Va la préparer, elle va téléphoner !

Sterling se lève lentement, grommelle un peu. Il s'étire en levant les bras bien haut, comme s'il venait de se réveiller d'une sieste. Puis se dirige nonchalamment vers la porte qui mène à la cave. L'autre homme n'a pas bougé, il vient de prendre son téléphone portable et se met à scroller, comme un ado accro.

Céline ne peut quitter Sterling du regard. Elle voit qu'il porte dans son dos, enfoncé dans son pantalon de jogging, un pistolet automatique. Brusquement, son cœur sort de sa poitrine. Elle n'entend plus les bruits de la rue, du jardin, mais uniquement le tintamarre de son rythme cardiaque dans sa tête, dans son cou. Il ne va pas falloir plus de trente secondes pour que son geôlier s'aperçoive qu'elle s'est enfuie. Pour qu'il sorte en furie, son flingue à la main. Pour qu'il scrute les alentours, le jardin. Céline pourrait se mettre à courir, mais comment distancer deux gamins en pleine forme, qui plus est dans un quartier qu'ils connaissent par cœur ?

Pour l'instant, c'est le silence avant la tempête. Comme quand on enfonce une aiguille dans un ballon de baudruche : il y a toujours un petit laps de temps, quand l'aiguille pénètre dans le caoutchouc mais qu'elle n'a pas encore percé. On sait que le ballon va exploser, cela ne va pas tarder, c'est inéluctable. On s'attend au bruit, mais il n'a pas encore retenti. Et puis *boum !* Dans quelques secondes, Sterling va exploser. De colère. De fureur. À ce moment-là, il faudra s'enfuir. Le plus vite possible. Pour ne pas mourir.

Chapitre 25

Port-au-Prince.

Dans le container, l'atmosphère est pesante. Alourdie non seulement par la chaleur oppressante de cet après-midi haïtien qui transforme le métal en fournaise, mais aussi par le silence du téléphone qui devrait sonner mais qui ne bronche pas.

Des gouttes de sueur perlent sur tous les fronts, signe que l'anxiété est à peine contenue. L'équipe est figée dans l'attente, et chaque seconde étire le temps en une éternité. Nathalie jette des regards furtifs à l'écran silencieux pendant que Moïse s'évente avec un morceau de carton qu'il a récupéré on ne sait où. Le mouvement régulier de son poignet crée une brise illusoire qui ne fait que brasser de l'air toujours chaud.

Davidson s'est posé dans un coin et dort. Il ronfle. Un repos certainement bien mérité, et c'est surtout le seul qui ne semble pas accablé par la chaleur ambiante. Il a baissé ce qui ressemble à un bob sur ses yeux, plus pour demander le calme à ceux qui l'entourent que pour se protéger de la lumière tamisée de la cellule de crise.

Stan, à son habitude, reste imperturbable, même si ses yeux scrutent sans cesse le dispositif de communication installé devant Moïse. Son esprit calcule, anticipe les scénarios possibles, jouant et rejouant les conversations à venir. Et puis le prochain contact se fera avec Céline. Des siècles qu'il ne lui a pas parlé. Pourtant, il garde leur dernière rencontre en tête comme si c'était hier. Une terrasse à Saint-Germain-des-Prés. Il faisait beau, il y avait des touristes partout. Un air de légèreté.

Nathalie sera aux aguets. Forcément. Elle va chercher le moindre tressaillement dans la voix du négociateur qui pourrait trahir un sentiment perdu. La psychologue avait accepté que Stan ne serait pas son homme. Elle avait digéré. Jusqu'au jour où Elia n'est pas rentrée. Le jour où Stan s'est retrouvé seul. Ce jour-là, l'espoir est revenu. Avec son lot de joie et de frustrations. Il faudra y faire attention.

De temps en temps, Paul Lindmann passe une tête, vient tendre l'oreille pour avoir des informations sans les demander.

L'après-midi est long. Trop long. Nathalie regarde sa montre, encore une fois. Elle n'en peut plus d'attendre :

— Les gars, vous ne croyez pas qu'il faudrait qu'on l'appelle ?

Moïse sort de sa torpeur. Comme Davidson, qui s'est relevé d'un coup quand Nath a commencé à parler. Vieille habitude de gamin des rues qui ne dort que d'un œil pour ne pas se faire piller pendant son sommeil. Stan s'est levé pour aller chercher un verre d'eau. Il réfléchit tout haut.

— Si on appelle, on peut tomber au mauvais moment.

— S'il n'appelle pas, on peut y passer la journée, répond Nathalie.

Le négociateur retourne s'asseoir, silencieux. La psychologue poursuit :

— Je pense que Blast est à son compte sur ce coup-là. Il ne joue pas les hommes de main. Il a dit « mon argent ». Plusieurs fois. C'est pour lui qu'il négocie. On s'adresse à celui qui décide, je pense qu'il faut lui mettre la pression.

Stan s'interroge. Il a mis ses deux mains sur ses tempes et les masse en mouvements circulaires. Il regarde Nath sans rien dire. Elle sait qu'il analyse, qu'il ne faut pas en rajouter. Le négociateur se retourne vers Davidson :

— Ton avis ?

Le policier haïtien se rapproche de la table.

— Franchement ? Je n'en sais rien. Quel est le risque si c'est nous qui appelons ?

— On rentre sur son territoire, répond Stan. On prend la main sur le rythme, et il peut se braquer. Maintenant, qu'est-ce que ça change s'il se braque ?

— Rien, répond Nathalie. Il sait qu'il a un rapport de force en sa faveur. Montrons-lui que nous sommes motivés pour récupérer l'otage rapidement.

Stan scrute les regards de l'un et de l'autre. Et tranche :

— OK. On appelle.

Moïse s'est redressé sur sa chaise et commence à jouer avec les boutons de ses valises techniques. Nathalie est venue prendre sa place, à droite de Stan. Elle lui lâche un sourire avant de s'asseoir, comme pour le remercier d'avoir adopté sa proposition. Davidson reste en retrait, comme lors de l'appel précédent.

Stan place son casque et l'ajuste. Créer sa bulle de concentration, comme à chaque fois. Après de longues secondes, il ouvre les yeux et fait un signe de tête pour lancer l'appel. Moïse s'agite puis lève son pouce : c'est parti.

Une première sonnerie brise le silence et résonne dans le container. Puis un nouveau silence. Lourd et long.

Avant une seconde sonnerie. Et un autre silence. Au fur et à mesure qu'elles s'enchaînent, l'espoir du contact s'éloigne. Jusqu'à ce que Stan fasse un signe à Moïse en passant sa main sur sa gorge. On coupe.

Tout le monde expire, pour reprendre un souffle suspendu aux bruits du téléphone. Stan ôte son casque et le jette négligemment sur la table métallique.

— Bon. Il n'y aura pas de contact aujourd'hui.

Même si c'était prévisible, Stan est déçu. Il sait que c'était risqué, mais au moins cela aurait redonné du rythme à la négo. Ce sera pour une autre fois.

Un bruit inattendu fait baisser la tête du négociateur. À quelques mètres de lui, sous un des sacs de l'équipe, le chat noir est revenu. Il a miaulé. Une fois. Comme pour appeler le négociateur. Autour, personne n'a capté le son strident de l'animal. Stan sourit : cette rencontre n'est peut-être pas un hasard. Mais que faire ? Aller vers le chat, au risque de le faire fuir ? Ou attendre qu'il vienne à lui, au risque d'y passer des heures ? La prise d'initiative n'a pas fonctionné avec le ravisseur. Elle va marcher pour le chat. Stan se lève sans faire de geste brusque et s'approche doucement de la boule de poils qui ne bronche pas. Le négociateur s'accroupit, tout en gardant une distance entre lui et le chat. Lentement, il tend sa main vers lui, son index touche presque son nez. L'animal le fixe. Ses yeux sont attentifs. Mais il n'y a pas de peur. Contact ! Le bout du doigt de Stan touche la truffe fraîche du chat.

— On commence à s'apprivoiser, on dirait.

Chapitre 26

Paris.

Le seul bruit qui résonne dans le bureau est le cliquetis des doigts de la greffière sur les touches de son ordinateur, comme une musique dissonante pour accompagner le duel de regards auquel se livrent le juge Lombard et Milo Louchenko. Chacun se sonde, comme à chaque fois qu'ils se sont rencontrés. Sans qu'aucun l'emporte sur l'autre. Une partie d'échecs que personne ne gagne jamais.

Le bureau du juge transpire l'ordre, l'autorité. Des piles de dossiers en carton s'alignent avec une précision militaire sur les étagères, tandis qu'une lampe diffuse une lumière dorée qui se reflète sur le bois brillant du bureau massif. Ici se joue silencieusement l'invisible théâtre de la justice.

Comme pour échapper à la tension qui monte, maître Pisani brise le silence :

— Monsieur le juge, mon client souhaite faire une déclaration.

— Je sais, Maître. Vous me l'avez déjà dit. Je suis tout ouïe.

Milo, dans son costume impeccable, comme à l'accoutumée, se racle la gorge :

— Je ne veux la faire qu'à vous. Pas d'avocat, pas de greffière.

Lombard recule dans son siège, visiblement surpris. Maître Pisani tourne la tête vers son client, avec la même expression sur le visage. Yeux écarquillés. Bouche bée. Visiblement, l'avocat n'était pas au courant.

Le criminel ne quitte pas le juge des yeux. Pour jauger l'impact de son coup de théâtre. Le sourire à peine masqué qu'il arbore confirme son narcissisme. Il aime mener le jeu et sur ce coup, il a pris l'avantage. Celui de la surprise.

Le juge avance son fauteuil vers son bureau.

— Vous et moi ? Sans greffière ni avocat ? C'est très inhabituel, ne croyez-vous pas ?

— Rien n'est inhabituel avec moi, monsieur le juge.

C'est un quitte ou double. Lombard le sait. S'il accepte, tout ce qui sera dit pendant l'entretien sera hors procédure. S'il refuse, il se prive peut-être d'informations après lesquelles il court depuis deux ans. Milo le sait. Il se délecte du dilemme qu'il vient de mettre dans la tête du juge. Quitte ou double.

— Très bien. Maître Pisani, madame la greffière. Vous pouvez sortir.

— Monsieur le juge, je me dois de protester, lâche maître Pisani.

— Il est un peu tard pour protester, Maître. Merci de sortir.

La greffière se lève, aussitôt suivie par l'avocat. Le juge les accompagne jusqu'à la porte, qu'il referme avant de reprendre sa place, derrière son bureau.

— M. Louchenko. Qu'avez-vous de si confidentiel à me dire et que vous ne souhaitez pas que votre avocat entende ?

— Pisani est nul. Pas besoin qu'il soit là.

Milo s'enfonce dans son fauteuil. S'il n'était pas dans le bureau d'un juge, on pourrait penser à un homme d'affaires qui s'apprête à négocier un contrat.

— Monsieur le juge, savez-vous que nous travaillons pour le même camp ?

— Tiens donc. Et de quel camp s'agit-il ?

— Celui de la France, monsieur le juge. Votre beau pays.

— Vous travaillez pour la France ?

— Absolument.

Décidément, Milo est plein de surprises.

— Dites-m'en un peu plus, M. Louchenko.

— Vos agences de renseignement apprécient les services de mes sociétés.

— Lesquelles ? Vos sociétés militaires privées ? Vos mercenaires ? Vos prostituées ? Les groupes terroristes que vous financez ?

— Je vous l'ai dit, je n'utilise ni mercenaires, ni prostituées, ni terroristes. Je suis en quelque sorte un facilitateur. Je règle des problèmes que d'autres ne savent pas régler.

— Quels types de problèmes ? interroge Lombard.

Louchenko sourit, tout en faisant non avec sa tête.

— Êtes-vous joueur de poker, monsieur le juge ?

— Non. Mais j'ai longtemps joué au tarot. Cela compte ?

Milo lâche un rire, puis poursuit :

— Au poker, on ne dévoile pas son jeu tant que l'autre n'a pas payé.

— Et vous voulez que je paie ?

— Je vous garantis que les informations que je détiens sur certaines actions des services français en Afrique ou au Moyen-Orient valent largement ma remise en liberté.

Le juge se lève. Comme à chaque fois qu'il réfléchit.

— Monsieur Louchenko, qu'est-ce qui vous laisse penser que je ne sais pas déjà tout cela ?

— Il n'y a que quelques personnes encore vivantes qui savent de quoi je parle. Et vous n'en faites pas partie.

— Alors, je pourrais vous interroger là-dessus dans le cadre de la procédure ?

— Pas tant que je serai sous les verrous. Laissez-moi rentrer chez moi, et je vous apporte de quoi alimenter les journaux pendant les dix prochaines années.

— Je me moque des journaux. Pourquoi ne me livrez-vous pas les informations maintenant ? Au point où vous en êtes.

— C'est mon assurance vie. C'est pour cela que personne n'est encore venu me suicider dans ma cellule. Je suis un homme méticuleux. J'ai soigneusement rangé, quelque part, tous les dossiers de tous mes clients. Les noms, les montants, les services rendus. Si je suis assassiné, quelles qu'en soient les circonstances, les informations seront envoyées à des personnes qui en feront un très mauvais usage contre la France. Entre autres. J'ai donné des instructions en ce sens. Si je suis libéré parce que vous n'avez aucune preuve, je garde mes dossiers pour moi et, croyez-moi, je saurai les utiliser contre ce pays qui me retient contre mon gré depuis deux ans. Mais si c'est vous qui me libérez, parce que c'est vous qui le décidez, je vous donne toutes les informations dont je dispose et vous en faites ce que vous voulez.

Le juge Lombard s'est assis, contemplant Milo et son sourire narquois. Les cartes sont sur la table. C'est maintenant au juge de jouer.

— Vous voyez, M. Louchenko, votre bluff est intéressant. Croustillant, même. Vous titillez ma curiosité et mon sens de la justice. Et vous savez que c'est un puissant moteur, chez moi.

— Mon bluff?

— Oui. Votre bluff. Ça ne prend pas. Si vous étiez à ce point certain que mon dossier contre vous est vide, comme vous le clamez haut et fort avec votre avocat, vous ne m'auriez jamais fait cette proposition. Vous auriez sagement attendu la décision de remise en liberté demandée par maître Pisani. Vous avez envie de vous venger, M. Louchenko, cela transpire de chaque pore de votre peau.

Milo se lève calmement. Il réajuste la veste de son costume :

— Vous semblez imperméable à toutes mes propositions, monsieur le juge. Je sais que certains de mes amis vous ont appelé. Vous n'avez rien compris.

— Ce que je comprends, c'est que vous n'êtes pas au-dessus des lois.

— Être le plus fort, il n'est nulle autre loi pour moi que celle-là. Et vous m'avez volé deux ans de ma vie.

— Combien de vies avez-vous volées, M. Louchenko ?

— Vous allez perdre, M. Lombard. Et vous le savez !

Le ton est monté d'un coup. Les mâchoires de Milo Louchenko se sont serrées. Il inspire fortement, comme un boxeur qui attend la sonnerie pour sauter sur son adversaire. La porte s'ouvre précipitamment. Un opérateur du RAID entre précipitamment, suivi comme son ombre par son binôme. Par chance, le juge a activé son alarme silencieuse située sous son bureau. En un instant, les policiers encadrent Louchenko. Le criminel les regarde en tendant ses mains vers le policier qui lui fait face, puis se retourne vers Lombard :

— Qu'est-ce qu'il y a, monsieur le juge ? Vous avez eu peur ?

— Non, M. Louchenko. Vous ne me faites pas peur.

Milo est rapidement menotté puis extrait du bureau du juge par les hommes du RAID. Dans le couloir qui le ramène à l'ascenseur central, il se retourne et hurle à qui veut bien l'entendre :

— Et votre cancer, monsieur le juge, ça s'arrange ?

Chapitre 27

Haïti.

Il n'a fallu à Céline que quelques secondes pour sortir de son frangipanier et filer vers la rue. Quand Sterling s'est mis à crier, du fond de la cave, et que son complice s'est levé précipitamment pour le rejoindre, elle n'a pas hésité. Il est des opportunités qu'il ne faut pas rater. Elle s'est redressée, puis a traversé le jardin et a longé la vieille maison coloniale sans la regarder. En baissant la tête, comme si cela pouvait la faire disparaître aux yeux de ses ravisseurs. Elle a pris le risque que le troisième homme ne soit pas loin, mais c'était un risque à courir. Rester dans ce jardin aurait été une folie. Dans la rue, au moins, elle a une chance.

Céline est arrivée devant une grille et une porte métallique, frontière entre la maison délabrée et la rue animée. Comme si de rien n'était, elle est sortie, habillée de ses vêtements tachés de vomi et de terre. Mais personne ne la remarquera ici. La rue vibre d'un tourbillon d'activités, des couleurs vives s'agitent comme les pièces d'un puzzle que Céline a du mal à assembler. Des bâtiments d'inspiration coloniale qui encadrent l'avenue semblent parés de guirlandes et de tissus flamboyants qui volent avec le vent. Au loin, des personnes vêtues de jaune s'affairent autour de pancartes. Des touristes déambulent dans ce qui ressemble à la préparation d'un carnaval. Nous ne sommes définitivement pas à Port-au-Prince : il n'y a rien de cela dans la capitale haïtienne.

En quelques pas, Céline a rejoint un groupe de touristes asiatiques. Elle s'approche, et tente en anglais :

— Bonjour. Vous savez ce qui se prépare ?

— Oui, répond celle qui a l'air d'être la maman de la petite famille. C'est le carnaval.

— Ah ! Et où sommes-nous ?

— À Jacmel, répond un autre touriste, visiblement étonné de la question.

Jacmel. Bien sûr. Céline fait tout à coup le rapprochement. Les maisons coloniales. Les rues larges. Les jardins. Elle est déjà venue ici lors de sa première mission en Haïti. Jacmel, la ville au nom inspiré du marin Jacques Mel, l'ancien comptoir colonial français. Qu'est-ce qu'elle fait là ? Pourquoi Sterling et Jinau l'ont-ils amenée jusqu'ici ?

Tout en remerciant les touristes qui l'ont renseignée, la chirurgienne regarde autour d'elle. Il faut qu'elle trouve un policier, quelqu'un qui pourrait l'aider. Tous les gens semblent pris dans leurs préparatifs, il n'y a aucun visage ami vers qui se tourner. À quelques mètres d'elle, en contrebas, quelques magasins sont ouverts. Parmi eux, une sorte de gargote. Elle est installée contre le mur d'une maison à moitié en ruine, stigmate du dernier séisme. Céline jette une nouvelle fois un œil par-dessus son épaule et se dirige vers l'estancot. En approchant, elle remarque l'odeur des bananes pesées, ces petites bananes plantains écrasées et frites. Céline réalise qu'elle est morte de faim. Mais ce n'est pas le moment de goûter aux spécialités locales. Elle doit trouver un téléphone.

Le petit magasin de fortune se dresse comme un patchwork de tôles et de planches récupérées, les couleurs fanées et les écritures écaillées racontent le désastre que Haïti endure depuis des années. Céline s'approche de celui qui semble être le patron des lieux. Un bonhomme rond, vêtu d'un tee-shirt marqué du sigle d'une organisation évangéliste. La chirurgienne va droit au but :

— Monsieur ! J'ai besoin de téléphoner. Vous pourriez m'aider ?

Dans un charabia incompréhensible, l'homme répond quelques mots, tout sourire, et montre sa friteuse dans laquelle baignent des acras roussis. Non, Céline ne veut rien lui acheter. Elle veut juste téléphoner. Une nouvelle tentative infructueuse la pousse à rebrousser chemin. Pas très loin, un groupe de jeunes est assis sur un énorme bidon de ce qui a dû être une réserve d'essence. Céline les approche en souriant :

— Bonjour. Je peux vous demander un service ?

Deux jeunes garçons se retournent, tandis que les autres continuent à discuter comme si de rien n'était. L'un d'eux ouvre le sac qu'il porte en bandoulière. Il regorge de paquets de cigarettes, qui n'ont jamais dû voir le tampon d'un douanier haïtien. L'autre s'adresse à elle sur un ton agressif :

— Argent ! Argent !

Inutile d'insister, elle n'obtiendra aucune aide de ceux-là. En regardant une nouvelle fois autour d'elle, Céline aperçoit soudain le troisième homme, celui qui s'est adressé à Sterling tout à l'heure. Il descend la rue. Vu sa tête et son air énervé, il n'est pas venu acheter des acras.

Il regarde, cherche, scrute les coins de rue. On dirait que la chasse à l'otage est ouverte. Le rythme cardiaque de Céline s'accélère, pour mobiliser toutes ses ressources et prendre la meilleure décision. Il y a du monde dans l'avenue mais pas assez pour que la chirurgienne se fonde dans la masse. Et une blonde d'un mètre soixante-quinze au milieu des Haïtiens, pas sûr qu'elle passe inaperçue.

Céline décide de s'engouffrer dans une des rues parallèles. Plus petites, moins encombrées de passants mais surtout loin du champ de vision de ses ravisseurs. Elle marche rapidement et prend la première rue à droite. Les maisons qui la bordent ont moins de superbe que sur l'avenue qu'elle vient de quitter. On a visiblement changé de classe sociale. Les murs sont pour la plupart lézardés, abîmés par les secousses des derniers soubresauts de la terre. Une petite porte en bois est entrouverte. Céline la pousse dans un bruit de gonds rouillés et pénètre dans une sorte de jardin. Englouti par la prolifération des plantes, il semble abandonné. Comme tout le reste, ici. Des herbes hautes chahutent avec le vent, masquant ce qui a dû être autrefois un petit chemin. On perçoit, sans la voir, la faune qui grouille au sol et dans les branches cassées.

Céline sent ses jambes flageoler. Le stress, la faim, l'espoir ont entamé ses réserves d'énergie. Elle s'accroupit, pour souffler. Elle respire vite. Il faut qu'elle se calme. Elle finit par s'asseoir. L'après-midi semble bien entamé, le soleil est de moins en moins haut sur l'horizon. De nuit, elle sera plus en sécurité. Elle ne saura pas davantage où aller, mais elle passera beaucoup plus inaperçue, surtout si les autres la cherchent. Alors autant s'installer confortablement dans les herbes hautes et attendre que la nuit tombe.

Chapitre 28

Port-au-Prince.

Le chat est revenu dans le container. Non sans rester sur ses gardes, il s'est approché pour renifler les pieds de Stan. De Moïse. Il commence à prendre ses habitudes. Peut-être que la boîte en métal posée sous la table et les quelques morceaux de viande de poulet que Stan y a placés n'y sont pas pour rien. Une présence animale, c'est toujours bien pour détendre l'atmosphère quand tout le monde est en crise.

La nuit qui commence va être longue. Blast n'a pas appelé, et il n'a pas non plus répondu aux appels. Ce n'est pas une bonne nouvelle, d'autant qu'il était plutôt ponctuel jusqu'à présent. Plusieurs hypothèses sont envisageables : il a pris peur et a libéré l'otage. Improbable. Il est fâché qu'on ne lui ait pas trouvé son argent. Possible. Il s'est fait tuer et il s'est fait voler son otage : peu probable mais envisageable.

Stan réfléchit. Il ne manifeste pas son inquiétude, mais Moïse et Nathalie sont des pros. Pas besoin de leur faire un dessin. Cette absence de contact implique que le ravisseur peut décider d'appeler à n'importe quel moment, du jour ou de la nuit. Il faut être là pour répondre, d'autant que le temps passe et que la négociation n'avance pas : Stan n'a toujours pas parlé à l'otage, et le montant de la rançon est toujours d'un million de dollars. Pour ne rien arranger, les moustiques semblent se plaire dans le container. Nathalie s'asperge de répulsif, au grand dam de Moïse :

— Nath ? Tu t'es lavée avec du liquide vaisselle ? Tu sens la citronnelle jusqu'ici !

Sans regarder Moïse, la psychologue fait un geste explicite de la main. L'Israélien sourit. Ces deux-là ne peuvent pas s'empêcher de se chamailler. Pour évacuer la pression. Faire comme si tout était sous contrôle. Davidson est rentré chez lui il y a quelques minutes, sa présence n'est plus nécessaire. Il n'y aura probablement pas de contact ce soir.

Un téléphone vibre sur la table. Le bruit métallique focalise immédiatement l'attention de tout le monde, et chacun se fige. Stan s'approche, et fait non de la tête : c'est son téléphone qui sonne. Ce n'est pas Blast.

Le numéro du commissaire Marc Brama s'affiche. Le négociateur décroche :

— Salut, commissaire.

— Salut, Stan.

— Il est quelle heure à Paris ?

— Presque 4 heures.

— Levé tôt ou couché tard ?

— Pas couché. Louchenko a fait des siennes chez le juge Lombard. Il faut qu'on accélère. Tu en es où ?

Stan s'assoit pour faire un topo à son ami. Rien de vraiment positif. Marc accuse le coup mais relativise :

— Pas encore de contact, cela ne veut pas dire plus de contact. Cela avance de notre côté, nous te faisons parvenir l'argent demain, comme prévu. Si le ravisseur veut son fric, on lui donne. Même si c'est un million.

— Vous êtes prêts à tout pour garder Louchenko à l'ombre, soupire Stan.

— Tu n'imagines pas ce qu'il a fallu que je fasse pour trouver le pognon. Et on t'envoie aussi une équipe du RAID.

— Oui, Martha m'a dit qu'ils escorteraient la rançon.

— Non, on t'envoie une équipe complète. Il faut envisager une solution tactique.

Solution tactique, c'est le joli nom pour un assaut. Visiblement, on ne fait pas confiance à cent pour cent à la négociation en haut lieu. Cela rappelle ses débuts à Stan, quand il était plus difficile de convaincre les patrons de la police que de convaincre les preneurs d'otage. Le négociateur n'est pas vraiment surpris, il aurait aussi envisagé cette option s'il avait été chargé du dossier. Marc ajoute :

— Et tu connais le chef de mission. C'est Jean.

— Jean Monneret ?

— Lui-même, répond Marc.

— Il était déjà là quand je suis entré au RAID, se souvient Stan. Un vieux de la vieille.

— Grosse expérience. Et comme nous, il porte des lunettes, maintenant.

Moïse s'est rapproché de son patron. Il chuchote à l'oreille de Stan :

— Conduite à tenir avec la police locale ?

Mais Marc a l'oreille fine :

— Bonsoir Moïse ! Comment ça va ?

L'expert en renseignement semble confus d'avoir été entendu. Il répond, penaud :

— Bonsoir, Marc.

— Pour répondre à ta question : confidentialité absolue par rapport à la police haïtienne. On ne leur fait aucune confiance. On ne parle pas de notre équipe du RAID. Je pense que cela ne leur ferait pas plaisir d'apprendre que nous montons notre propre intervention sur leur sol.

— Et Davidson ? demande Stan.

— Même consigne. Je sais que tu as un bon contact avec lui mais je ne préfère pas tenter le diable.

— Tu ne penses pas qu'il va se douter de quelque chose quand il va voir débouler une équipe d'intervention ? Même en civil, ils ne ressemblent pas vraiment à des médecins.

— OK, on va essayer de trouver quelque chose. Je vous tiens au courant, conclut Marc avant de raccrocher.

Au bout de la table, Nathalie s'est déjà installée entre deux fauteuils pour essayer de dormir, tant bien que mal, en espérant un appel de Blast. Stan éteint une lumière sur deux, plongeant le container dans une demi-pénombre. Moïse cherche un coin pour se poser tranquillement. La nuit va être longue.

Chapitre 29

Jacmel.

Le voile nocturne vient de se poser sur le jardin, recouvrant tout. Les arbustes ne sont plus que de frêles fantômes qui ondulent doucement au gré du vent. Dans la rue, les bruits n'ont pas cessé, ils ont simplement changé. Les groupes qui s'affairaient à préparer le carnaval ont haussé le ton. Puis d'autres voix. Les rires amusés se sont transformés en sarcasmes et en vacarme. La nuit, tout change en Haïti. Et pas en bien.

Céline essaye depuis de longues minutes de se défaire des fourmis qui envahissent ses jambes. Elle frotte sa peau tant bien que mal, essaye de convaincre les bestioles d'aller voir ailleurs. Mais rien n'y fait : les hyménoptères l'ont définitivement adoptée. Tant qu'elle restera accroupie dans les broussailles, la chirurgienne devra accepter qu'on squatte ses cuisses et ses mollets. Dans la rue, elle essaye de percevoir si on la cherche. Quelques groupes de jeunes énervés sont passés devant la porte en bois en courant. Un gamin a glissé une tête, furtivement, avant de repartir. Sans pouvoir confirmer à Céline qu'il avait été missionné pour la retrouver, ou si sa visite impromptue n'était due qu'au hasard. Mais il y a peu de chances que ce soit le hasard : Sterling et sa troupe doivent la chercher. Ils sont certainement bien énervés, elle serait bien avisée de ne plus tomber entre leurs mains sous peine de voir une pluie de coups s'abattre sur sa tête. Ou pire encore.

Des chiens errants traversent le jardin, venant chercher une hypothétique pitance dans les tas d'ordures qui traînent çà et là. Il y a presque une heure, Céline a même failli se faire mordre par un bâtard squelettique, surpris de voir quelqu'un là où d'habitude il n'y a personne. Cela s'agite trop autour d'elle. Il faut bouger.

La chirurgienne se redresse doucement, ses muscles sont encore endoloris par son accroupissement forcé. Elle fait quelques pas pour écouter ce qui se passe derrière la porte du jardin. Elle l'entrouvre, le grincement des gonds ressemble à un miaulement de souffrance. Dehors, les rues résonnent des rythmes rapides de la musique locale, une mélodie qui semble faire danser les silhouettes des passants qui rentrent chez eux à la hâte. Et qui n'enlève rien au sentiment de l'insécurité ambiante. Désagréable.

Comme tout militaire qui se respecte, Céline fait un point de situation dans sa tête. Nous sommes à Jacmel. Si sa mémoire est bonne, c'est à plusieurs heures de route de Port-au-Prince. Pas question d'y aller à pied. Ce serait d'ailleurs trop dangereux, les coupeurs de route ne feraient qu'une bouchée d'elle et de ses jolis cheveux blonds. Pas d'ambassade de France non plus. Peut-être un consulat, mais il sera fermé la nuit. Quant à la police locale, jusqu'où lui faire confiance ? Trop risqué, estime la colonelle. Seule option : appeler quelqu'un. Et il n'y a que Paul Lindmann qui pourrait lui apporter un soutien immédiat. Il connaît l'île, il a des contacts, et surtout Céline a appris son numéro par cœur. Vieux réflexe quand on part en mission. Il ne lui manque donc qu'une seule chose pour que son plan soit parfait : un téléphone. Et déverrouillé, qui plus est. Ce qui est certain, c'est qu'elle ne trouvera pas cela dans son bout de jardin. Il faut partir.

Sans hésiter, Céline termine d'ouvrir la porte. Elle inspire profondément et franchit le pas pour se retrouver dans la rue. Elle n'est pas plus animée que dans la journée, même si quelques ombres passent, à la recherche des miettes d'un repas ou d'un abri pour la nuit. Leurs yeux s'éclairent brièvement à la lumière des rares lampadaires encore en fonction, avant de disparaître dans l'obscurité.

Céline se met à marcher, calmement, comme si elle savait parfaitement où aller. Dans ces circonstances, laisser penser que l'on hésite fait de vous une cible parfaite. Si elle veut trouver un téléphone, la chirurgienne doit retourner dans l'avenue, là où il y a plus de monde. En quelques pas, Céline perçoit les bruits et la musique. Elle se retrouve dans une agitation qui contraste avec son isolement choisi dans le jardin.

Autour d'elle, des groupes déambulent. Il y a moins de touristes que tout à l'heure, mais plus de locaux. Malgré la misère, presque tous ont un téléphone. Forcément. Leur demander de passer un coup de fil risque d'être compliqué, surtout qu'elle n'a pas un sou sur elle. Vu l'insécurité ambiante, elle se dit que personne ne lui prêtera son téléphone, pas même un touriste. Autre solution : emprunter le téléphone sans demander l'avis de son propriétaire. Céline met les mains dans ses poches, pour se donner un air plus cool, plus détendu. Elle se met à marcher sans heurts, sourit quand elle croise quelqu'un.

Regarde à droite, puis à gauche. Mais pas de téléphone à portée de main. Rien sur les tables des quelques restaurants de fortune qui bordent la rue. Les parasols ouverts, qui ne protègent plus du soleil, donnent un air de sérieux à ces bouis-bouis d'où émanent des odeurs âcres de friture et de sucre trop cuit.

Des voitures sont garées en vrac le long de l'avenue. Céline observe, cherche si un chauffeur trop confiant n'aurait pas laissé son téléphone dans un vide-poche. Toujours rien. De temps à autre, la chirurgienne lève la tête, inquiète de voir surgir Sterling ou ses acolytes. À part quelques groupes de jeunes un peu énervés, pas de danger à l'horizon. À une dizaine de mètres d'elle, une femme parle fort en espagnol. Elle explique visiblement à son interlocuteur, à l'autre bout du fil, que Jacmel est une ville formidable. La militaire ne peut pas rater l'occasion : elle se dirige vers celle qui téléphone et la bouscule. Elle saisit l'appareil brusquement et se met à courir vers le bas de l'avenue, repartant vers les petites ruelles qu'elle a quittées quelques instants plus tôt. La victime de son vol se met à crier, mais Céline est déjà loin. Elle court sans se retourner, sans rien regarder. Elle tient le téléphone comme s'il s'agissait d'un vase de cristal. Surtout, ne pas le verrouiller par inadvertance.

Céline s'engouffre dans une ruelle, mais ce n'est pas celle qu'elle espérait, celle de son jardin. Dans sa hâte, elle s'est trompée. Ce n'est pas grave, il faut qu'elle se cache. Derrière elle, peut-être que les amis de celle à qui elle a emprunté son téléphone sont à sa poursuite. Peut-être que les cris ont alerté Sterling. Céline sent son souffle se raccourcir. Ses jambes sont lourdes, elle n'ira plus très loin si elle continue. L'acide lactique envahit ses muscles, le stress commence à la tétaniser. À sa droite, une vieille halle en bois est plongée dans la pénombre. La chirurgienne s'y dirige rapidement, et s'enfonce dans l'obscurité, le plus loin possible. Elle s'accroupit avant de regarder autour d'elle. Un homme arrive en courant, suivi par un petit groupe. Ils cherchent la voleuse. Ils crient. Céline pose le téléphone sur sa poitrine, pour masquer la luminosité de l'écran. Elle jette un œil sur l'appareil. Un iPhone. Elle connaît. Céline appuie sur le bouton qui termine l'appel qui était toujours en cours, la personne au bout du fil n'a pas dû comprendre ce qui se passait. Elle replace l'appareil contre son torse. Regarde. Écoute. Deux autres personnes passent en courant à côté de la petite halle. Sans la voir. Enfin quelques secondes sans agitation. Il faut qu'elle appelle Paul. Maintenant.

Céline compose le numéro qu'elle a appris par cœur. Mais l'appel ne passe pas. L'appareil est étranger, elle doit entrer l'indicatif de Haïti. Son cerveau tourne à cent à l'heure. Quel est l'indicatif? Elle ne parvient pas à réfléchir. Ah si! +509. La chirurgienne recommence. La touche verte. L'appel est lancé. Une première sonnerie. Silence. Une seconde. Et un cri:

— Elle est là! Elle est là!

Devant elle, un jeune hurle en la montrant du doigt. Céline se relève brusquement et se met à courir dans l'autre sens. Elle remonte la rue, s'engouffre dans un autre bout de jardin. Les branches épineuses d'un chérimolier lui lacèrent les bras. Les ronces, au sol, arrachent la peau de ses chevilles. Peu importe. Il faut fuir. Traverser les broussailles. Après quelques mètres à travers les herbes hautes et les arbustes, la militaire parvient à une autre rue, à côté d'une maison en bois.

Elle entend crier derrière elle. On la poursuit. Des bruits viennent aussi de la droite. De la gauche. Céline panique. Une voiture est garée à quelques mètres. Elle se précipite vers le véhicule et tente d'ouvrir le coffre. Après quelques tentatives, le hayon s'ouvre enfin. La chirurgienne se glisse rapidement dans la malle exiguë et referme comme elle peut. Roulée en boule sur elle-même, elle retient son souffle puis tend l'oreille. Elle essaye de percevoir si on l'a vue pénétrer dans son refuge improvisé. Après quelques secondes de silence, elle jette un œil sur le téléphone : l'appareil s'est verrouillé pendant sa course. L'appel n'est pas passé. C'est raté.

Chapitre 30

Port-au-Prince.

Une grosse boîte à chaussures. Voilà à quoi ressemble le tas de billets que Jean vient de déposer sur la table. Petit, trapu, l'officier du RAID est taillé comme un gymnaste soviétique du temps où le dopage était une habitude. Barbe fine, cheveux courts, il ne pourrait pas passer pour autre chose qu'un flic ou un militaire.

Jean et Stan se connaissent comme des frères. Ils ont enchaîné les missions, les succès. Les moments difficiles, aussi. Par exemple un collègue qui se met une balle parce qu'il est au bout du rouleau. Tous les deux savent qu'il n'y a pas de points de suture pour les blessures de l'âme, il y a juste les potes qui sont à côté de vous quand vous en avez besoin. Ils sont de ceux-là. Cela faisait des années qu'ils ne s'étaient pas vus, mais personne n'aurait pu l'imaginer à la façon dont ils se sont tombés dans les bras en se retrouvant.

Jean n'est pas venu seul : quatre autres opérateurs du RAID complètent le *boys band*. Oscar, spécialiste de l'effraction et des explosifs. Valdo, tireur de haute précision. Maxence et Yann, tous les deux opérateurs, habitués aux boucliers et aux assauts d'urgence. Tout ce petit monde vient de s'entasser dans le container, qui commence vraiment à devenir trop petit.

Nathalie et Moïse sont partis faire un aller et retour à l'hôtel, pour prendre une douche et avaler un petit déjeuner digne de ce nom. Après avoir dormi sur leurs lits improvisés, il est même possible qu'ils fassent une sieste matinale dans leurs chambres. Stan les y a même incités, il sait trop bien que quand on est fatigué, on devient moins efficace. Et puis il est l'heure du briefing avec l'équipe du RAID, et leur présence n'est pas indispensable. Le négociateur ouvre le bal :

— Jean, qu'est-ce tu connais de l'affaire ?

— Une otage, médecin militaire, qu'il faut ramener en France le plus vite possible.

— C'est tout ? s'étonne Stan.

— La mission est commanditée par la DGSI. Ce qui implique qu'on ne pose pas de questions.

Pendant que les deux hommes échangent, le reste de l'équipe du RAID déballe son matériel. Stan ne peut pas s'empêcher de s'approcher des valises ouvertes sur lesquelles une croix rouge laisse penser qu'il s'agit de matériel médical. À l'intérieur, les armes sont alignées, encastrées dans des supports en mousse. Stan observe avant d'interroger l'équipe :

— Glock 17, Glock 26, SPC 9 mm, PGM Ultima Ratio en version courte. On soigne quels types de patients, avec ça ?

— Les coriaces, répond Valdo en souriant.

Le négociateur se retourne vers Jean :

— Tu sais que tu vas monter une opération de police dans un pays étranger sans aucun mandat local ?

— Réfléchir, c'est commencer à désobéir. Et ce ne sera pas la première fois. 2003, au Venezuela. Tu faisais partie de l'équipe, non ?

— Tu devrais te souvenir qu'obéir n'a jamais été mon fort.

Bien sûr que Jean s'en souvient. Son sourire en témoigne. Il interroge :

— Tu nous mets à jour sur les informations que tu détiens ?

Stan s'approche d'une carte de Port-au-Prince accrochée avec des aimants sur un des murs métalliques du container, au milieu des écailles de peinture. L'officier le suit. Le négociateur pose son doigt sur la carte :

— Le téléphone du ravisseur avec qui j'échange borne ici, à Cité Soleil.

— Joli port de pêche, lâche Jean, ironique.

— Oui, surtout si tu pêches au plomb.

— On s'en doutait un peu, tous les kidnappings de la ville se terminent ici.

— Quartier surpeuplé, surarmé, et surexcité quand la nuit tombe. Le jour aussi, remarque.

— Pas plus d'infos sur le bornage ? Tu as quel niveau de précision ?

Stan jette un œil vers le bout de la table, où trônent les mallettes techniques de son expert en renseignement.

— Moïse est bien équipé. Je dirais qu'on est précis à 150 mètres près.

— Bon. On va pouvoir aller faire un repérage.

— Quand ?

— Dès ce soir.

Le négociateur retourne vers son siège, en bout de table. Il s'installe, tandis que Jean prend la place habituelle de Nathalie. La question de Davidson le turlupine :

— J'ai un contact au sein de la police de Port-au-Prince. Aux Stups. C'est le contact de l'OFAST. Il pourrait t'être utile si tu veux aller à Cité Soleil.

— J'ai reçu l'instruction de ne pas mêler la police locale à l'opération.

— Sans lui, tu peux oublier ton repérage. Regarde ton équipe : tu penses qu'ils vont passer pour des Haïtiens ?

Jean jette un œil vers ses quatre collègues qui finissent de vérifier leur matériel. Blancs, sportifs, gueules carrées. Cela ne va pas être facile de se fondre dans la masse, même la nuit. L'officier est bien obligé d'accepter l'évidence :

— Ton gars est fiable ?

— Oui. Aucun doute sur lui.

— OK. Notre couverture, c'est que nous sommes là pour amener l'argent et escorter l'otage après la remise des fonds. On ne parle pas d'intervention de libération.

— Si tu veux que ce soit crédible, tu devrais dissimuler ton arsenal, et surtout ton PGM. Une arme de sniper pour une escorte, c'est louche. Davidson est tout sauf bête.

Stan fixe la valise tactique caractéristique de l'arme de précision. À côté se glisse la silhouette furtive du chat noir. On dirait que l'animal commence à prendre ses habitudes. Jean se retourne vers le négociateur :

— Un chat noir. Ça porte malheur.

— Pas lui.

— Il est à vous ?

— Il n'est à personne. C'est un chat, pas un parapluie. Il s'appelle Snow.

— Snow ?

— Il est blanc comme neige. C'est pour ça qu'on l'a appelé Snow.

Jean n'a pas le temps de répondre. Une vibration et une sonnerie caractéristique accaparent l'attention de Stan. Le téléphone sur lequel Blast doit appeler vient de se réveiller. En quelques pas, le négociateur se trouve à la place de Moïse. Sur l'écran de l'appareil branché au dispositif de l'Israélien, un message apparaît :

J'appelle dans deux heures. Elle sera là.

Blast revient à la charge. On dirait que Stan va bientôt pouvoir s'adresser à Céline.

Chapitre 31

Jacmel.

La gueule de bois sans les vapeurs d'alcool. Le mal sans le bien. Un goût bizarre dans la bouche. Des courbatures. Et l'impression de s'être fait piétiner par un cheval. La mâchoire de Céline est tellement endolorie qu'elle peut à peine la bouger, et l'odeur d'essence qui imbibe la cagoule dont on l'a recouverte est insupportable. Le tissu rugueux lui gratte la tête et le visage. Il empêche de respirer correctement.

La dernière chose dont elle se souvient est la silhouette de Sterling qui apparaît quand le coffre de la voiture s'est ouvert. Et le coup qu'il lui a asséné avec la crosse de son pistolet. Comment a-t-il réussi à la retrouver dans sa cachette improvisée ? Mystère. Elle a dû se faire voir en tournant dans la rue. Ou ce sont les cris de la propriétaire du téléphone qui ont attiré les kidnappeurs vers elle. Quoi qu'il en soit, retour à la case départ pour Céline. Avec une mâchoire explosée en prime. Et sur la tête une cagoule qui pue l'essence. Elle ne comporte pas de trous pour les yeux, seuls quelques traits d'une lumière laiteuse sont perceptibles.

La chirurgienne a bien essayé de bouger ses mains pour soulever le tissu sur sa bouche, sur sa tête, mais elle s'est vite aperçue qu'elles étaient entravées. On dirait du fil de fer. C'est froid, coupant, et il est probable qu'on l'ait tellement serré qu'il a dû pénétrer dans la chair de ses poignets. Ses mains sont aussi attachées à sa taille, un autre fil fait le tour de ses hanches et vient cisailler son dos quand elle tire dessus. Ses pieds sont unis l'un à l'autre, une de ses chevilles est déjà meurtrie par le fil métallique. L'évasion a tourné court. Elle est maintenant sur son lit, sans pouvoir bouger. Le présent est pire que le passé, on dirait.

Le bruit du verrou sort Céline de ses pensées. Quelqu'un ouvre la porte. À travers les fibres de tissu de la cagoule, elle aperçoit deux silhouettes qui entrent dans la cave sans un mot. L'un des hommes approche du lit et arrache le morceau d'étoffe qui enveloppait la tête de la chirurgienne. Tout à coup, l'ampoule qui pend au plafond semble briller comme un phare de voiture, et Céline doit plisser les yeux pour entrevoir ce qui se passe. Devant elle, Sterling se tient debout, la cagoule dans une main. Il retourne vers l'entrée et jette le morceau de tissu dans le couloir, avant de se mettre dans le chambranle de la porte, comme un portier de boîte de nuit. Il manque juste la musique, se dit Céline, en essayant de fuir la réalité par un trait d'humour aussi cocasse qu'incongru.

Le second homme s'approche à son tour. C'est celui qu'elle a vu la veille, et qui est venu parler à Sterling et à son acolyte dans le jardin. Il porte une chemise rentrée dans un jean sombre. Il a des lunettes de soleil. Bizarre, dans une cave. Il s'accroupit pour être à hauteur du visage de la chirurgienne.

— Salut.

Céline ne répond pas. Avec sa mâchoire endolorie, elle n'a pas vraiment envie de faire la conversation. L'homme face à elle esquisse un sourire. Il porte une barbe courte, des cheveux rasés. Il est Haïtien, vraisemblablement. Son accent le confirme :

— Alors, tu n'étais pas bien, avec nous ?

L'homme fixe Céline. Elle perçoit son sourire. Narquois.

— Non, j'avoue que je préférerais être ailleurs, finit-elle par lâcher.

— Je comprends. Le lieu n'est pas propice à la visite. Tu as eu de la chance que Sterling t'ait retrouvée. Une jolie blonde comme toi, dans les rues, sans protection. Tu aurais fini par avoir des problèmes.

— Je dois vous remercier ?

L'homme se lève et se retourne vers Sterling en riant et en commentant en créole le caractère de la chirurgienne. Il fait quelques pas dans la cave, comme un général ferait l'inspection des lieux dans une caserne. Il frappe du pied la cuvette dans laquelle Céline fait ses besoins. Puis revient vers le lit :

— Je m'appelle Blast. On va te détacher. On n'est pas des monstres.

Céline ne réagit pas. L'homme éclate de rire :

— Si, on est des monstres. Mais on va faire une exception avec toi, OK ? Mais si tu essayes encore de partir, tu te réveilleras avec une main et un pied en moins. Sterling adore la scie à métaux, il peut faire des trucs dingues avec ça.

Derrière, contre la porte, Sterling s'esclaffe, se souvenant certainement des horreurs passées. Blast l'accompagne dans son rire avant de s'accroupir une nouvelle fois :

— Sterling va te détacher. Tu vas rester tranquille. On a un coup de fil important à passer. Tu vas leur dire que tu vas bien, que tu veux partir, qu'il faut qu'ils paient vite. Et après tu manges, OK?

— Je vais parler à qui?

— Quelqu'un de ton ONG.

La chirurgienne ne sait plus quoi penser. Qui croire. Elle va parler à quelqu'un qui va s'occuper d'elle. C'est déjà ça. Elle a envie de pleurer. De colère parce qu'elle a raté son évasion. De soulagement parce que quelque part, à Port-au-Prince, on travaille à la faire libérer. Elle en oublierait presque sa mâchoire endolorie et ses poignets entaillés. Mais elle s'interdit de laisser les larmes s'échapper, ce serait donner une victoire trop facile à ses ravisseurs, et il n'en est pas question.

Chapitre 32

Paris.

— C'est quoi cette histoire de cancer ?

La question du juge N'Guyen est tombée, sèche et nette. Sans préliminaires.

— De quoi parles-tu ?

— Arrête de me prendre pour un con. Plusieurs personnes ont entendu Louchenko dans le couloir. C'est vrai ?

Pierre-Antoine Lombard se sent tout à coup fatigué. Harassé à force de se cacher derrière un masque devenu trop lourd pour lui. Il s'enfonce dans son fauteuil tandis que le juge N'Guyen referme la porte derrière lui. Lombard finit par lâcher sur un ton laconique :

— On ne peut absorber toutes les horreurs que l'espèce humaine peut produire sans que cela ne finisse par vous retomber dessus.

— Tu comptais m'en parler ? demande Alain N'Guyen.

— Pour quoi faire ?

Les deux hommes ne se quittent pas des yeux. Ils se sondent. Le juge N'Guyen essaye de voir si son collègue masque sa peur par de l'ironie ou s'il se moque vraiment de ce qui pourrait lui arriver. Le juge Lombard se lève pour s'approcher de son collègue et s'asseoir sur le coin de son bureau :

— Qu'est-ce que tu aurais fait si je t'en avais parlé plus tôt ?

— Je t'aurais conseillé de te mettre au vert, de prendre le temps de te soigner.

— Et tu m'aurais retiré mes dossiers.

— Évidemment.

Lombard se lève une nouvelle fois. Il ne peut masquer une grimace de douleur. N'Guyen lui pose la main sur l'épaule :

— C'est grave ?

— Tu veux l'avis de mon médecin ou le mien ?

— Arrête tes blagues et réponds-moi sérieusement.

— Cancer de l'estomac.

— Avancé ?

— Pas mal, oui.

— Je t'ai toujours dit que tu mangeais n'importe quoi, sermonne Alain N'Guyen en plaisantant.

Pierre-Antoine laisse échapper un rire. Juste ce qu'il lui fallait pour faire passer la pilule de la révélation de Louchenko. Le juge N'Guyen se penche vers son ami :

— Bon, tu vas prendre un peu de repos. Dès aujourd'hui.

— Pas question ! tonne Lombard.

Les deux hommes s'observent, pour lire entre les lignes. N'Guyen sait parfaitement pourquoi son collègue ne veut rien lâcher.

— Écoute, Pierre-Antoine, laisse tomber le dossier Louchenko. Je sais que c'est pour ça que tu t'accroches. Cela te mine depuis deux ans. Je vais reprendre le dossier.

— Il en est hors de question. Je le tiens, je ne le lâcherai pas. Ne t'inquiète pas, il me restera assez de temps et assez de force pour terminer ce dossier. Si tu me le retires, je n'ai plus de raison de m'accrocher.

Alain N'Guyen se remet à marcher dans le bureau. Il fait une moue avec la bouche :

— Il n'y a plus que toi pour croire que ton dernier témoin va ressusciter. Elle est encore passée à deux doigts de rester sur le billard. Et son médecin qui disparaît avant de faire la dernière opération. Franchement, elle ne sent pas bon ton affaire.

Lombard laisse échapper un long soupir avant de retourner prendre sa place derrière son bureau.

— Alain, tu sais pourquoi je ne suis pas en colère ?

— Non.

— Parce que le cancer, c'est une maladie juste.

— Juste ?

— Il touche tout le monde, sans considération de couche sociale, de fortune, de religion. Je suis serein. Laisse-moi faire.

— Tu es indécrottable, concède N'Guyen avant de quitter le bureau.

Chapitre 33

Port-au-Prince.

Le soleil de midi commence à chauffer les corps et les esprits. Le brouhaha qui animait le hangar des ONG il y a encore quelques minutes vient de s'apaiser, signe que tout le monde est parti chercher un déjeuner. Dans cette cellule de crise de fer, l'équipe est concentrée. Moïse est installé à sa place, son casque à portée de main. Nathalie a retrouvé la sienne à la droite de Stan. Le négociateur, comme à son habitude, se concentre les yeux fermés, assis sur sa chaise. L'équipe du RAID s'est discrètement éclipsée pour aller s'installer à l'ambassade de France.

Parler à l'otage est un moment important dans une négociation de kidnapping. D'abord, cela permet de s'assurer qu'il est vivant et en bonne santé. Ensuite, on peut le rassurer en lui montrant qu'on s'occupe de lui. Cela évite les éventuelles tentatives de la dernière chance, toujours risquées, quand l'otage s'imagine qu'il est définitivement perdu. Enfin, quand une intervention se prépare, et c'est le cas aujourd'hui, cela peut permettre d'obtenir quelques renseignements utiles pour le groupe d'intervention. On ne sait jamais.

Le docteur Lindmann vient s'accroupir à côté de Moïse. Pour passer le temps. Pour se rassurer.

— Il est pro, votre patron.

— Le meilleur dans son domaine, confirme l'Israélien.

— Il sait ce qu'il fait. C'est déjà ça.

— Je le connais depuis assez longtemps pour vous confirmer que le Dr Cluzel est entre de bonnes mains.

— Vous croyez qu'on va la libérer rapidement ?

— Oui. Ne vous inquiétez pas. On va la ramener, votre collègue.

La vibration et la sonnerie du téléphone ramènent tout le monde à la réalité : Blast appelle. Stan place son casque, fait bouger sa tête de droite à gauche, avant de crier :

— Contact !

Moïse active l'appel et fait un signe du pouce pour confirmer que la discussion commence. Stan inspire profondément, avant de lancer l'échange.

— Bonjour Blast.

— Bonjour Stanislas.

Les voix sont calmes. Posées. Comme si les deux hommes s'étaient parlé quelques minutes auparavant.

— Nous étions inquiets de ne pas avoir de vos nouvelles, relance Stan.

— J'ai été retenu sur une affaire hier. Mais tout est rentré dans l'ordre aujourd'hui.

— Alors je vais pouvoir parler au Dr Cluzel comme nous en étions convenus ?

— Oui. Elle n'est pas loin. Attendez.

Stan sent son cœur s'accélérer. Plus que d'habitude. Il est rare pour un négociateur de connaître l'otage pour lequel il négocie. Il est encore plus rare d'avoir eu une relation très personnelle avec lui. Tout à coup, Stan se rappelle ce qu'il enseigne quand il forme des négociateurs de crise : on n'est jamais bon quand on négocie avec un enjeu personnel impliqué. Peut-être n'est-il pas la meilleure personne pour mener ce contact ? Il se demande s'il n'aurait pas dû passer la main.

Stan n'aura pas le temps de s'interroger plus, la voix d'une femme le ramène à la réalité :

— Allo ?

Un simple mot. International. Universel. Qu'il a entendu des milliers de fois. Mais cette fois, la voix ne lui est pas étrangère. Elle est familière. Malgré tout ce temps.

— Bonjour Céline. C'est Stan.

Un silence. Le négociateur s'imagine le doute dans la tête de Céline. Il s'est présenté en disant Stan. Elle ne peut pas l'avoir oublié. Ni sa voix. Comme il n'a pas oublié la sienne. Tout à coup, le négociateur réalise que la chirurgienne l'a peut-être effacé de sa mémoire.

— Stan. Ça fait un bout de temps, répond calmement Céline.

Visiblement, elle n'a pas mis longtemps pour le reconnaître. C'est bien elle. Mais Stan doit le confirmer.

— Tu te rappelles la dernière fois qu'on s'est vus ?

— En Afghanistan, répond la chirurgienne.

— Ma première mission pour Chirurgiens sans frontières. Tu m'avais bien aidé.

Une perche tendue pour justifier sa couverture. Céline la saisit.

— Je m'en souviens, en effet. Nous avions fait du bon travail.

— Je viens d'arriver en Haïti pour m'occuper de la logistique de l'ONG et voilà qu'on me dit que tu as eu un problème.

— Oui, c'est un problème. Appelons ça comme ça, rétorque Céline.

— On va gérer ça. Ne t'inquiète pas.

Il y a du bruit au bout de la ligne, et la voix de Blast qui résonne :

— C'est bon ? Tu as vu qu'elle était en vie ?

— Oui. C'est bon, lâche Stan, déçu de la brièveté de l'échange.

— Alors tu m'as trouvé mon million ?

— Je t'ai dit que c'était compliqué et…

— Ne me dis pas que c'est compliqué ! Je t'ai laissé parler au docteur, maintenant, tu fais ta part ! Paye !

Blast s'énerve. C'est la première fois qu'il s'emporte. Nathalie a tourné son regard vers Stan, pour voir comment il va réagir. Mais le négociateur ne bronche pas. Sur le même ton, il poursuit :

— Nous sommes à Port-au-Prince, Blast. Je ne peux pas aller frapper à la porte d'une banque pour avoir du cash.

Le ravisseur ne répond pas. On perçoit son souffle qui s'est accéléré. Blast n'est plus aussi calme que lors des précédents appels. Il est nerveux. Et qui dit nervosité dit perte de contrôle. Dans ces circonstances, c'est un risque pour Céline.

Un bruit sec. Il a posé son téléphone. Stan entend du bruit, il perçoit que ça bouge. Moïse a levé la tête, et Davidson s'est figé. Paul Lindmann est livide. Tout le monde attend la suite. Le négociateur ne parle pas, il a compris que Blast n'était plus à côté de son téléphone.

Un cri déchire le silence dans le container. La voix d'une femme. Céline est en train de hurler. Stan tente de reprendre le contact :

— Blast ! Qu'est-ce qui se passe ?!

Un autre cri, strident. Insupportable. Et la voix de Blast dans le combiné :

— Tu veux que je lui coupe une main ? C'est ça ?

— Non ! Je fais ce que je peux pour récupérer l'argent mais tu dois comprendre que ce n'est pas facile !

Encore un silence. Si le ravisseur s'énerve, il pourrait passer à l'acte. Pour montrer son pouvoir. Pour mettre la pression. Jusqu'à l'irréparable. Stan ne le sait que trop bien. Son équipe aussi. Chacun retient son souffle, à l'écoute, essayant d'imaginer ce qui se passe derrière le téléphone.

— Je veux mon argent. Débrouille-toi, Stanislas, c'est ton job.

Blast parle moins vite. Moins fort. La pression redescend. Stan enfonce le clou :

— Je t'assure que je fais tout mon possible pour trouver l'argent. On a fait le tour des gens qu'on connaît ici, on a récupéré tout le cash disponible. On arrive à un peu plus de 517 000 dollars.

Un chiffre qui ne tombe pas tout à fait juste. Pour montrer que le négociateur fait son possible pour grappiller toutes les sommes disponibles. Stan sait très bien qu'il y a un million de dollars dans une des valises tactiques entassées au fond du container. Mais il maintient son principe de résistance. Pour crédibiliser sa négociation, et rendre le gain plus glorieux pour le ravisseur.

— Ce n'est pas assez. Je préfère qu'on se débarrasse d'elle. Cela ne vaut pas la peine, lâche Blast.

Son ton est redevenu calme. Trop calme pour que cette dernière menace soit crédible.

— Tu fais une croix sur un demi-million de dollars, Blast ?

Stan retourne la responsabilité sur le ravisseur. Qui tranche.

— Un million. C'est un million ou je la vends à quelqu'un d'autre. Tu crois que tu es le seul à vouloir la récupérer ?

Nathalie est en apnée depuis de trop longues secondes. Moïse a placé ses mains au-dessus de sa tête, bousculant le casque audio qui lui serre les tempes.

— OK, Blast, je vais faire mon maximum pour arriver au plus près du million que tu souhaites. On attend un de nos médecins qui arrive ce soir ou demain depuis Paris, il va nous rapporter tout ce qu'on a pu trouver là-bas.

Blast ne répond pas, il digère probablement sa concession, avant de conclure brutalement :

— On s'appelle demain matin. Tu as intérêt à avoir une bonne nouvelle pour moi.

Stan aimerait répondre mais le téléphone vient d'être raccroché. Il enlève son casque tandis que Moïse s'écroule sur sa chaise en soufflant. Nathalie regarde le négociateur et relâche sa respiration. Blast est campé sur sa position. Il n'en démord pas. Mais ce n'est pas le plus problématique pour la psychologue.

— Il y a une autre négociation en parallèle ?

— Je ne sais pas, répond calmement Stan. Mais ça vaut le coup de gratter un peu là-dessus. Moïse, tu peux voir les appels entrants et sortants sur le téléphone de Blast ?

L'Israélien se redresse :

— OK, j'essaye de voir ce que je peux récupérer. Ça ne va pas être simple.

— Pour les choses simples, je n'ai pas besoin de toi, tacle sèchement Stan.

Le négociateur s'énerve. Sa réponse à Moïse est brutale. Il le sait, mais son expert du renseignement connaît la musique, tout comme l'impact de la tension nerveuse sur son boss. Moïse poursuit, comme s'il n'avait pas perçu le commentaire de Stan :

— En revanche, le téléphone de Blast ne borne plus à Cité Soleil. Il est dans le centre de Jacmel, au sud de Haïti.

Sous la table, Snow mange tranquillement dans sa boîte métallique, qui tinte à chaque fois que le chat attrape un bout de poulet, loin de s'imaginer le drame qui se joue juste au-dessus de sa tête. Vie de chat.

Chapitre 34

Jacmel.

Dans l'obscurité oppressante de sa cave, Céline a du mal à bouger sa mâchoire. Les deux gifles qu'elle a reçues l'ont sonnée. Foudroyée. Mais cela n'a plus vraiment d'importance, parce qu'elle vient de parler à Stan. Ce fantôme qu'elle croyait avoir enfoui dans les abysses de sa mémoire refait surface au moment où elle s'y attend le moins. Et quand elle en a le plus besoin. Les quelques mots qu'ils viennent d'échanger lui ont fait l'effet d'une douche chaude après une balade sous une pluie glacée. Un baume sur des blessures à vif.

En portant les mains à son visage, elle passe ses doigts sur sa peau, qu'elle sent boursouflée par les hématomes. Meurtrie. Blast n'y est pas allé de main morte. Sous des abords policés, il ne vaut pas mieux que Sterling. Des brutes sans aucune empathie. Au moins, elle sait à quoi s'en tenir.

La lumière de la cave se coupe avant de se rallumer. Encore une fois. L'électricité est erratique, ici. Comme la morale. Céline, privée de l'interrupteur de la lampe, trouve un étrange réconfort dans ces ténèbres intermittentes. Ici, elle peut échapper à la vision des murs crasseux de sa geôle, ignorer la présence rampante des insectes sur le sol de terre battue et s'évader par la pensée.

Des bruits de pas dans le couloir. Et le sempiternel verrou métallique qu'on ouvre, avec un bruit devenu insupportable. Sterling apparaît dans la lumière. Céline a du mal à voir les contours de son visage, un de ses yeux est partiellement fermé par l'hématome de sa joue qui ne cesse de s'étendre. L'homme entre dans la pièce et pose devant elle, sur le sol, une sorte de marmite. Céline perçoit l'odeur agréable d'une soupe. Quand on a faim, les effluves de nourriture prennent une saveur toute particulière. Mais elle a appris à se méfier depuis qu'elle croupit dans cette cave. Sterling se baisse à sa hauteur :

— Tiens, c'est pour toi. Jinau a dit que tu avais faim.

La chirurgienne se redresse. Son dos lui fait mal et ses jambes sont lourdes. Elle préférerait rester allongée mais la faim est plus forte que la douleur. Assise sur son lit, elle se penche pour soulever le couvercle. Malgré la faible lueur de la pièce, elle perçoit qu'il s'agit bien d'une sorte de soupe. Sterling le lui confirme :

— C'est un ragoût haïtien. Y a de la viande. Allez, mange. C'est bon.

L'homme se relève en poussant un soupir, comme s'il avait du mal à étirer son mètre quatre-vingt. Sans rien ajouter, il quitte la pièce et verrouille la porte. À peine est-il sorti que Céline se jette sur le plat. Une vieille cuillère est posée à côté de la marmite, et la chirurgienne s'en empare pour dévorer le ragoût. C'est trop chaud, trop épicé, la viande est coriace, mais c'est ce qu'elle a mangé de meilleur depuis longtemps. Il ne lui faut que quelques minutes pour arriver à bout du plat et qu'elle ne jette la cuillère à côté de la marmite pour repousser le tout au bout de son lit, sur le sol.

Céline entend des pas dans le couloir. Sterling revient visiter sa prisonnière. Il entre dans la cave, se dirige sans un mot vers la marmite qu'il saisit et s'exclame en riant :

— Dis donc ! Tu avais vraiment faim !

Il ponctue sa phrase par des mouvements de tête affirmatifs. Visiblement, l'homme apprécie que son plat ait plu à la chirurgienne. Il la fixe, ne pouvant cesser de rire, et finit par lui poser la question :

— Alors, tu l'as aimé ce plat ?

— Oui, répond simplement Céline.

Le ravisseur glousse toujours, d'un rire sarcastique qui commence à devenir insupportable. Il lâche :

— C'est bien ! Parce que tu viens de manger la langue et le cœur de Jinau. Comme ça, il t'accompagnera pour toujours !

Avant que Céline n'ait pu comprendre, Sterling quitte la cave en riant de plus en plus fort. Tout à coup, elle réalise. La viande dure, filandreuse, les efforts qu'elle a dû fournir pour la mastiquer, l'avaler. Elle est prise d'un haut-le-cœur irrépressible, puis d'un second, avant de vomir ce qu'elle a dans l'estomac. Tout se bouscule dans sa tête, elle n'arrive plus à respirer, contrainte par les soubresauts de son corps de se plier en deux, de dégoût autant que de colère d'avoir été à ce point le jouet de Sterling.

Chapitre 35

Paris.

Voilà maintenant plus d'une heure que les couloirs du tribunal de Paris se sont lentement vidés de leurs occupants. On ne traîne pas dans ces lieux trop froids et trop modernes. Les bruits ambiants se sont estompés pour ne laisser que le ronronnement de la climatisation occuper l'espace et le temps. Hormis la ronde des agents de sécurité qui anime de temps en temps le vingt-huitième étage, rien ne vient perturber le calme de la section antiterroriste.

Dehors, la nuit s'est confortablement installée. Les feux des voitures forment des serpentins de lumière dans la brume humide, les Parisiens sont impatients de rentrer chez eux pour retrouver un peu de chaleur et de sécurité.

Pierre-Antoine Lombard observe l'arme. Sans broncher. Installé dans son fauteuil comme s'il attendait le début de la séance au cinéma, il a les yeux rivés sur le pistolet automatique. La longue carcasse en L du Glock 17 se reflète dans le sombre bois verni du bureau du juge. Comme une œuvre d'art. Aussi froide que mortelle. Aussi effrayante que fascinante.

Cette arme n'est pas une pièce à conviction. Ni un objet volé, trouvé dans les cartons d'un receleur. Elle n'a a priori encore tué personne. Ce Glock a été attribué au juge Lombard pour assurer sa sécurité quand il a rejoint le pôle antiterroriste. Pour se protéger. Pourtant, il n'a jamais quitté le tiroir de son bureau. Ce bureau qui est certainement le lieu au monde où il est le plus en sécurité. Paradoxal, non?

Pierre-Antoine s'est toujours demandé si c'étaient les armes qui étaient dangereuses ou si c'étaient leurs utilisateurs. On peut aussi bien tuer avec une fourchette qu'avec un flingue. Ou avec une baguette à cheveux. Comme pour Elena Orasca. Faut-il pour autant interdire toutes les baguettes à cheveux? Débat intéressant.

Pierre-Antoine n'a pas le cœur à laisser son esprit vagabonder ni à refaire le monde. La douleur qui lui sectionne le ventre est devenue presque impossible à supporter depuis quelques jours. Son cancer se rappelle à lui. Comme un animal de compagnie que l'on finit par oublier dans un coin de la pièce et qui vient gratter à la porte pour qu'on le laisse sortir. Si seulement son cancer voulait sortir. Les médecins se montrent optimistes. C'est en tout cas ce qu'ils laissent paraître. Mais Pierre-Antoine n'est pas dupe. Voilà près de quarante ans qu'il croise des coupables. Des menteurs. Des manipulateurs. Alors, ce ne sont pas quelques oncologues qui vont lui faire espérer qu'il va s'en sortir alors qu'ils n'en croient rien.

Pierre-Antoine saisit doucement le pistolet automatique. Sa main serre la crosse rugueuse. Épaisse. D'un geste sûr, il pose son pouce et son index sur l'arrière de la culasse qu'il fait coulisser d'un coup. Comme un pro. Le bruit métallique est sec. Froid. Annonciateur d'un drame. L'arme est désormais opérationnelle. L'ergot sur la droite de la culasse, légèrement surélevé, indique qu'une balle de neuf millimètres vient de pénétrer dans la chambre. Huit grammes de tungstène et de cuivre propulsés à quatre cents mètres à la seconde. Même pas le temps d'entendre la détonation.

Le juge laisse glisser son doigt sur la queue de détente. Le bout de son index se pose sur le mince levier de sécurité qui empêche tout départ de coup involontaire. Il lui suffirait de poser l'arme sur sa tempe, et d'appuyer doucement pour que tout s'arrête. La douleur. Le tourment. Juste quelques centaines de grammes de pression et boum. On abrège. Fin du spectacle. Mais ça, cela voudrait dire que Milo Louchenko s'en sortirait. Encore une fois. Et ça, il n'en est pas question. Pierre-Antoine repose le Glock 17 sur son bureau, sourit malgré la douleur qui le coupe en deux, avant de le remettre au fond de son tiroir. Qui sait, peut-être plus tard…

Chapitre 36

Jacmel.

La voiture avance dans un mouvement lancinant de gauche à droite. Comme sur un bateau frappé par le clapot des vagues. Rythmé. Enivrant. On dirait que les éléments qui ont abîmé jour après jour cette route haïtienne l'ont fait au son de la musique des Caraïbes et des congas. Le véhicule 4×4 dans lequel se serrent Stan et les hommes du RAID avance en claudiquant sur ce qui ressemble plus à une piste qu'à une voie routière.

À chaque traversée de village, le même spectacle paradoxal de désarroi et d'allégresse. Des maisons ébréchées, en partie effondrées, sur les débris desquelles les habitants sont venus reconstruire une partie de leur vie, et des enfants qui jouent et qui rient en bandes organisées. Comme si de rien n'était, comme si finalement les chaos de la Terre et de la pauvreté n'avaient aucune prise sur leur envie de vivre.

— Ça ressemble à la Corse, non ?

Valdo, au volant de la voiture, a lâché la question comme on lance une pierre dans une mare. Jean, assis sur le siège passager, lui répond sans même tourner la tête :

— Tu parles des ruines ou des montagnes?

Stanislas, serré à l'arrière entre Max et Yann, ne peut s'empêcher de sourire devant cet échange sans queue ni tête. Jean se retourne vers lui :

— L'otage est à Jacmel et le ravisseur à Port-au-Prince. Bizarre, non?

— Pas forcément, rétorque Stan. Celui qui négocie n'est pas toujours celui qui garde l'otage. Il faut une certaine logistique, et notamment un lieu sûr, duquel il ne s'échappera pas et où personne ne viendra te le prendre.

— Tu parles de la police?

— Non. Ici, la police n'est pas ce qui pourrait inquiéter Blast. Je pense plutôt aux autres gangs. S'il ne fait pas partie des 400 Mawozo, ce qu'avait l'air de confirmer Davidson, Blast a plutôt intérêt à garder le Dr Cluzel loin de Cité Soleil. Dans un endroit moins fréquenté par les bandes, et Jacmel est une bonne idée. Moins de densité de population, des maisons plutôt que des bidonvilles, et beaucoup plus de touristes. Jacmel est à trois heures de route de Port-au-Prince, ce n'est ni trop près ni trop loin. À la place de Blast, je pense que j'aurais fait un truc dans ce genre.

Jean s'est retourné pour faire face à la route. Non pas que la conversation lui déplaise mais les chaos de la chaussée vont finir par avoir raison de son estomac. Stan se penche vers l'avant pour poursuivre :

— Moïse a localisé le téléphone de Blast, au moment où j'ai parlé au Docteur Cluzel, dans le quartier de Lamandou. Au sud de la départementale 41.

Pendant que Stan parle, Jean a pris son iPad et agrandit le plan de la ville en jouant avec ses doigts sur l'écran.

— Moïse n'a pas plus de précisions? interroge l'officier du RAID.

— À deux cents mètres près, il situe le point d'appel entre la route de Lamandou et la route Saint-Charles.

Jean agrandit encore le plan, sur lequel se détachent maintenant des maisons et des jardins. Les constructions et leur agencement sont moins chaotiques qu'à Port-au-Prince, mais le repérage ne va pas être facile. Max, assis sur la banquette arrière à gauche de Stan, s'est rapproché à son tour pour jeter un œil à la carte. Il confesse ce que tout le monde pense tout bas :

— On ne la trouvera jamais comme ça.

— On ne vient pas la chercher, pondère Jean. On vient voir à quoi ressemblent les lieux. Si on doit taper, j'aime autant qu'on ait une idée de la configuration des maisons pour exfiltrer l'otage.

Stan s'est reculé dans son siège. Il hausse le ton pour couvrir les bruits du moteur :

— Tu penses l'exfiltrer comment?

— Par avion. L'aéroport de Jacmel est à dix minutes. C'est plus un gros aérodrome qu'autre chose mais nos amis de la DGSI se sont entendus avec ceux de la Défense, et on aura un petit avion pour faire nos affaires. Il va être prépositionné à Fort-de-France.

— On a des tas d'amis sur ce dossier, répond Stan sur un ton sarcastique.

Le 4×4 commence à retrouver des routes moins cahoteuses, signe que l'on approche d'une agglomération. Le soleil brille haut dans le ciel sur Jacmel, inondant les façades chamarrées de la ville d'une lumière vive. L'atmosphère y est moins lourde qu'à la capitale, et les touristes qui arpentent les rues constellées de vieux pavés laissent croire que la ville est épargnée par la gangrène des gangs.

Valdo se fraie un chemin au milieu des groupes, qui commencent à devenir plus fournis et plus nombreux. À chaque coin de rue, des habitants s'affairent autour d'ateliers improvisés sur lesquels on commence à percevoir des formes de masques et de costumes bariolés. Yann, assis à l'arrière, sort de son silence :

— Ne me dites pas qu'en plus c'est le carnaval ?

— Je ne te le dis pas, rétorque Jean.

— Ce n'est pas une mauvaise chose, lâche Stan. Pour passer inaperçus, avec vos looks de militaires en permission, ce sera plus efficace.

Jean se retourne une nouvelle fois vers Stan :

— Tu m'as parlé d'une négociation en parallèle ?

Le négociateur se rapproche de la banquette avant :

— On n'en est pas sûr mais Blast m'a dit qu'il pourrait vendre l'otage à quelqu'un d'autre et m'a demandé si je croyais être le seul à vouloir la récupérer.

— Qu'est-ce que tu en penses ?

— Soit c'est pour me mettre un coup de pression, soit c'est vrai, et Moïse est en train de faire jouer ses doigts de fée sur son clavier pour en savoir un peu plus.

— Moïse a tout sauf des doigts de fée, lâche Yann tout en regardant par la fenêtre.

Même si leur véhicule n'est pas de la dernière fraîcheur, il est suffisamment récent pour attirer l'œil des passants. Les habitants de Jacmel, habitués au va-et-vient incessant de leur ville, marquent pourtant une pause à leur passage, intrigués par ces cinq hommes serrés dans leur voiture. Jean décide de s'adapter :

— On va continuer à pied. Valdo, pose-nous dès que tu peux, et tu gardes le véhicule pendant le repérage du quartier balisé par les rues Lamandou et Saint-Charles. On fait deux binômes : Max et Yann, Stan et moi.

Tout en parlant, l'officier chambre son Glock 26 et le glisse sous sa ceinture avant de rabattre sa chemise par-dessus. Maxence se retourne vers le négociateur en montrant l'intérieur du sac à dos qu'il a posé entre ses jambes.

— Tu veux quelque chose ?

Dans le sac, trois armes de poing. Stan lève son polo, révélant le revolver qu'il porte dans un discret étui inside :

— Ruger LCR en 38 Special. Une arme de négociateur, lâche-t-il en souriant.

Le véhicule s'immobilise enfin devant un bâtiment ancien, chargé de l'histoire coloniale de la ville. Et des tags des plus jeunes. Jean termine son briefing improvisé :

— Pas de radio, on fait tout au tél., OK ?

— OK, répondent en chœur ses trois collègues.

Avant que les passagers ne quittent le 4×4, Valdo se penche pour regarder les bâtiments autour de lui :

— N'empêche que ça ressemble à la Corse, conclut-il dans un murmure.

Chapitre 37

Jacmel.

Céline tord lentement la grande cuillère oubliée par Sterling quand il est reparti avec sa marmite, le bout de métal corrodé est souple. Malléable. De manière lancinante, la chirurgienne plie l'objet dans un sens, puis dans l'autre, pour finir par séparer la partie creuse du manche.

Elle se surprend à ressasser ce sentiment d'ironie amère qui la submerge depuis plusieurs heures :

— Je suis venue pour sauver, pour aider, et je me retrouve dans ce trou à rat, comme un animal piégé, murmure-t-elle. Quel pays de merde…

Céline réalise qu'elle tord la cuillère en rythme. Dans sa tête, elle fredonne *Seven Nation Army*, un de ses morceaux préférés. Ce qui lui manque le plus, dans cet enfer souterrain, c'est peut-être la musique. Sa musique. Cette futilité indispensable qui a toujours été son refuge, son moyen d'exprimer ses émotions, de se libérer de la pression, de la fatigue. De la douleur, parfois.

Le bruit des oiseaux a changé, le soleil ne doit pas être loin de se coucher. À l'extérieur, la chirurgienne imagine le petit bout de jardin qu'elle a parcouru, quelques heures plus tôt, quand elle pensait s'être libérée. Elle a encore eu une coupure d'électricité, la lampe chancelante du plafond créant un rythme circadien aléatoire entre le jour et la nuit dans cet univers clos qu'est devenue sa cave. Elle se surprend à dire *sa cave*. Comme si elle s'était résignée à y rester ad vitam æternam.

Tout en s'affairant sur son bout de métal, Céline revoit les visages reconnaissants des patients qu'elle a soignés, elle entend les rires des gamins qui jouaient dans la cour délabrée de l'hôpital de Port-au-Prince, malgré la misère et la crasse. Ces souvenirs, désormais lointains, appartiennent à une autre vie. Elle revoit aussi le visage massacré d'Elena, son étrange patiente. Elle pourrait être en train de se préparer à l'opérer, pour la sortir de ce coma qui la bâillonne. Si elle avait suivi les ordres, si elle avait reporté sa mission humanitaire, elle serait libre. Putain de caractère.

Céline ne peut s'empêcher de revoir le visage de Jinau, de l'entendre palabrer, derrière son volant. Celui qu'elle a tant détesté après qu'il l'a enlevée porte à cet instant, dans sa mémoire, un sourire d'enfant doux et affectueux. Un nouveau haut-le-cœur la brise en deux. Mais elle n'a plus rien à vomir, si ce n'est de la bile infecte qui lui brûle la gorge.

Voilà, la cuillère s'est enfin soumise. Céline jette la partie creuse et observe tant bien que mal avec la lumière poussive le manche qu'elle garde entre ses doigts. Le bout s'est découpé de manière irrégulière, formant de minuscules dents de scie. Pas assez tranchant pour couper quoi que ce soit, mais ce n'est pas ce qui intéresse la chirurgienne. Elle se lève et s'approche de l'un des murs en briques sales. Elle y a repéré une fissure, à hauteur de son visage, dans laquelle elle glisse le manche, l'extrémité tranchante dirigée vers elle. Elle force pour que la pièce de métal soit bien coincée, formant ainsi un étrange portemanteau improvisé.

Céline recule pour admirer sa création, incline sa tête puis se rapproche. Elle place les deux mains de chaque côté du manche, comme si elle voulait faire des pompes en s'appuyant sur le mur. Puis elle plie doucement ses bras pour venir délicatement appuyer le bout de métal acéré contre son front.

L'intérêt d'être neurologue, dans ce genre de situation, c'est que l'on sait exactement où frapper pour mettre tout le système à l'arrêt. Définitivement. Comme un électricien qui sait où se trouve le disjoncteur général pour couper le courant, Céline connaît parfaitement la petite faiblesse qui existe entre les os faciaux du crâne. Juste au-dessus du nez, entre les deux yeux, sous l'os frontal. Exactement là où appuie en ce moment le petit objet métallique. Assez long et pas trop large, il pourrait, si elle frappait sa tête de toutes ses forces, s'enfoncer dans son cerveau et la tuer sur le coup. Un suicide de haute précision. Un travail d'expert. Propre et net.

Céline a entendu son ravisseur parler d'un million de dollars. Un million ! Qui paiera cette somme pour elle ? Et qu'est-ce qui dit qu'ils ne vont pas la tuer après ? Comme ils l'ont fait avec Jinau. Ils vont la massacrer, très certainement. Ils vont la violer, avant. Comme tous ces sauvages des rues. Un otage mort, ça ne vaut plus rien. Un grand coup de tête contre ce manche de cuillère, et Céline sera démonétisée. Blast et Sterling se retrouveront comme des imbéciles, sans un sou. Et elle sera libre.

Chapitre 38

— On a repéré pas moins d'une vingtaine de maisons qui pourraient servir de planque aux ravisseurs. En espérant qu'on ne soit pas passés à côté de la bonne.

Jean essaye de se rassurer. Ou espère que quelqu'un dans l'équipe va lui dire qu'ils ont forcément repéré la bonne maison. Max ajoute :

— Ce serait con de casser la mauvaise porte. Ça nous est déjà arrivé.

L'officier se retourne vers son opérateur qui vient de s'asseoir sur la banquette arrière. Son air dépité en dit long, surtout après un après-midi à arpenter les rues encombrées de touristes et d'Haïtiens en train de préparer leur carnaval. Jean reprend son débriefing, avant que la voiture ne démarre :

— On a discrètement pris quelques photos qu'on va pouvoir débriefer. Mais à ce stade, aucun indice sur le lieu où est retenue l'otage. Pas de surveillance, pas de gardien visible, pas de mec qui fait des aller et retour sur le trottoir. On n'est pas beaucoup plus avancés que ce matin.

La nuit commence à tomber, les touristes ont disparu, et les regards des passants n'expriment plus rien de rassurant. À cette heure, il est difficile de faire la différence entre les gentils et les méchants. Surtout quand le nombre de gentils diminue drastiquement au fur et à mesure que le soleil se couche.

Stan s'est installé contre la fenêtre arrière gauche du 4×4. Il refait le film du repérage.

— On a identifié toutes les maisons qui pourraient abriter un otage dans les rues à trois cents mètres de l'antenne téléphonique. Il s'agirait plutôt d'une maison abandonnée, pas trop près des grandes rues, avec un jardin à l'arrière pour s'enfuir ou promener l'otage, et si possible avec un soubassement en pierre ou en briques pour enfermer la victime.

Jean passe en revue sur son iPad les photos qu'il vient de transférer depuis son téléphone. Il fait glisser ses doigts sur l'écran pour passer de l'une à l'autre, et ajoute :

— Sur les vingt, il y en a au moins quinze qui cochent les cases. On va regarder sur Google Earth pour voir les accès et les voies de sortie.

— On a des nouvelles pour l'exfiltration ? demande Yann.

— L'avion a décollé de Villacoublay tout à l'heure. Il sera en Martinique dans la nuit. On calera son arrivée à Jacmel quand Stan aura déterminé le protocole de remise avec le ravisseur.

— On dépose un plan de vol ?

— Ce n'est pas notre problème. C'est l'armée de l'air qui fournit l'avion, ils se débrouillent pour la paperasse.

— Et l'équipe d'exfiltration sera dans l'avion ou ils arrivent avant ? interroge Yann.

Jean ne bronche pas. Le genre de silence pesant qui est une réponse en lui-même. Stan se retourne vers Yann :

— Ce n'est pas vous, l'équipe d'exfiltration ?

Le policier fait la moue caractéristique de celui qui en a trop dit. Le négociateur tire ses conclusions à haute voix.

— Donc, vous n'êtes pas l'équipe d'exfiltration. Les seules raisons qui peuvent vous pousser à rester en Haïti après la libération de l'otage sont l'enquête pour identifier les ravisseurs ou la récupération de la rançon. Le RAID n'est pas un service d'investigation et vous n'avez aucun mandat pour agir ici, donc vous êtes là pour récupérer l'argent après la libération du Dr Cluzel.

Stan laisse le silence s'installer. Pas de réponse, bonne réponse. Il a touché juste. Normalement, il ne devrait pas insister. Mais les circonstances n'ont rien de normal. Il doit en savoir plus :

— Jean, tu comptais m'en parler quand ?

— Tu sais comme moi qu'il faut parfois lire entre les lignes.

— Ce qui compte pour moi, c'est la vie de Céline Cluzel. J'en ai rien à foutre de l'argent.

— Je n'ai pas à me prononcer là-dessus. J'ai reçu l'ordre de récupérer les fonds après la remise. J'applique les ordres.

— Quitte à mettre en jeu la vie de l'otage ?

Jean n'a pas le temps de répondre. La voiture s'arrête dans un bruit de pneus crissant sur la route empierrée. Valdo vient de piler. Dans la lueur des phares apparaissent des hommes en armes. Jeunes. Avec des foulards sur le visage. Valdo alerte son équipe :

— Contact devant ! Trois tangos, tous armés. Des kalachs. Il y en a deux ou trois derrière, sur la droite. Un sur la gauche.

En un instant, tous les occupants de la voiture se sont saisis de leur arme. Stan sent la crosse en caoutchouc de son Ruger ultracompact au creux de sa main. Jean saisit le Glock qu'il avait placé entre ses jambes. Maxence, au milieu de la banquette arrière, a déjà son fusil d'assaut SPC dirigé vers le pare-brise. Jean, au contact visuel des agresseurs, annonce à tous :

— Des coupeurs de route. Ils ne savent pas qui nous sommes.

— Je fonce ? demande Valdo avec une pointe de stress dans la voix.

— Non. Ils vont nous couper en tranches avec leurs kalachs. On attend.

Le problème de ce genre d'attaque nocturne, c'est que ces gamins drogués au crack et défoncés à l'alcool peuvent appuyer sur la détente pour un oui ou pour un non. Surtout pour un non. Avec du calibre 7,62, tous ces flingues pointés sur eux et la panique de feu qui ne manquera pas de se produire, il y a peu de chances que Stan et les hommes du RAID en réchappent. La tension dans le 4×4 est à son comble, un seul bruit, un seul choc et tout le monde se met à défourailler dans tous les sens.

Stan baisse la vitre de la portière arrière gauche et crie au coupeur de route le plus proche du véhicule :

— Hey ! Man ! We're Americans !

Le jeune s'approche encore, son arme dirigée vers la voiture. Valdo, qui a saisi son Glock 19, le dirige discrètement vers la gauche, au niveau de son bassin, pour pouvoir tirer à travers la portière sur l'agresseur si nécessaire.

Stan a complètement baissé sa vitre pour sortir sa tête à l'extérieur. Il continue à s'adresser au jeune homme, qui s'est encore approché, dans un anglais parfait :

— Tu as arrêté la mauvaise voiture, mec. On est américains. De la CIA. Tu comprends. Tu veux avoir des ennuis avec la CIA ?

Malgré la pénombre de cette fin de journée avancée, le négociateur voit que le jeune Haïtien a esquissé un mouvement de recul. Il comprend ce qu'on lui dit. Stan enfonce le clou :

— Laisse-nous passer. Et les deux voitures derrière nous aussi. Ce sont des agents de la CIA aussi. Ils arrivent. Ils sont avec nous. Tu veux les attendre ?

Stan s'exprime d'une voix détendue. La voix de quelqu'un qui est sûr de lui. Qui n'a rien à craindre. L'agresseur hésite, puis fait demi-tour avant de crier quelque chose aux autres en créole. Tout le monde s'égaye en quelques secondes. La route est maintenant dégagée, et Valdo ne se fait pas attendre pour enclencher la première et foncer devant lui. Après quelques secondes, Jean se retourne vers Stan :

— La CIA ? T'es sérieux ?

— Tu aurais préféré que je lui dise que nous étions des flics français ? Ils n'en ont rien à foutre de la France, ici. Le seul truc qui leur fait peur, c'est l'Oncle Sam. Estime-toi heureux que ce petit con ait compris mon anglais.

Yann et Valdo lâchent un rire de soulagement, pendant que Jean conclut, en se retournant vers la route :

— Ce mec est toujours aussi dingue…

Chapitre 39

Port-au-Prince.

Le hangar des ONG s'est complètement vidé et seuls quelques geckos, poursuivis par Snow, qui se pose désormais en maître des lieux, courent encore sur le sol et contre les murs en tôle ondulée. Comme si son adoption tacite par l'équipe de Stan lui avait donné des ailes. Dehors, le soleil a définitivement quitté la scène il y a déjà plus d'une heure, et la chaleur à l'intérieur du container commence à être un peu plus supportable.

L'équipe du RAID vient de poser ses affaires dans le coin qu'elle s'est attribué d'office, le bruit qu'ont fait les sacs en touchant la carcasse métallique n'a laissé aucun doute sur leur contenu.

À l'intérieur du sarcophage d'acier, Moïse semble ne pas avoir quitté son siège depuis que Stan et les autres sont partis à Jacmel. L'arrivée de son patron est une libération. À peine le négociateur est-il entré dans le container que l'Israélien se lève en s'étirant bruyamment. Comme pour une fin de service. Nathalie, de son côté, finit de rassembler ses notes sur son ordinateur portable. Son sourire rassuré accueille le négociateur et le reste de l'équipe.

Stan s'approche de la psychologue, également rejointe par Moïse, qui débriefe sans attendre.

— J'ai réussi à remonter les appels de Blast depuis son téléphone. Hormis quelques appels ici, en Haïti, il échange régulièrement avec un numéro qui borne en France. À Paris, plus exactement.

— Tu peux savoir à qui appartient le numéro ?

— Tu te doutes bien que j'ai effectué mes recherches. C'est un téléphone prépayé, acheté en région parisienne il y a une semaine.

— Les échanges sont fréquents ?

— Trois à quatre fois par jour.

— Tu peux en savoir plus ?

— Je vais essayer, mais une carte prépayée, c'est difficile à remonter, conclut Moïse.

Nathalie intervient :

— La négociation en parallèle dont nous a parlé Blast ?

— Peut-être, répond Stan. Mais je ne vois pas l'intérêt pour Blast de ne pas faire monter les enchères si quelqu'un d'autre veut récupérer le Dr Cluzel. Il devrait demander plus à chaque fois. Mais là, il bloque sur un million. Il ne monte pas et ne descend pas. En fait, il ne négocie pas. Il vend. Je pense qu'il n'est pas coutumier de la négociation d'otage. C'est un amateur.

Jean s'est approché du coin de table autour duquel discute l'équipe de Stan :

— Qui est un amateur ?

— Toi, tranche le négociateur. Quand tu ne me dis pas toute la vérité.

Jean et Stan échangent un long regard. Sans commentaire. Nathalie sent le malaise et intervient pour mettre fin au duel avant qu'il ne commence :

— Le ravisseur, indique la psychologue. C'est certainement un amateur.

— Et c'est un problème? demande l'officier du RAID.

— Oui, reprend Stan. Il peut ne pas vouloir s'embêter avec une remise d'otage et décider de la liquider après avoir récupéré la rançon. On a déjà vu ça.

Le négociateur lève la tête et aperçoit Davidson qui rentre dans le container. Avec son survêtement bariolé, il est impossible pour lui de se fondre dans le décor. Maxence s'est déjà levé pour lui barrer la route, mais Moïse intervient:

— C'est bon! il est avec nous. Police de Haïti.

Davidson regarde Maxence de haut en bas, ainsi que le reste de l'équipe du RAID qu'il découvre.

— Wouaw, les gars, vous avez recruté de nouveaux videurs dans la boîte?

L'humour et la désinvolture sont des armes efficaces quand vous avez grandi dans la rue. Il est parfois plus utile de faire rire que de faire peur. Davidson s'approche du petit groupe autour de Stan. Les présentations avec Jean sont rapides, l'Haïtien n'a pas besoin d'un dessin pour comprendre ce qu'il fait là. Et Davidson arbore le sourire impatient de celui qui a des infos.

— Bon, les gars, je vous avais dit que j'allais gratter un peu plus sur Blast. J'ai appelé mes contacts, je suis allé boire des verres, j'ai distribué quelques billets, et bim! Je sais qui c'est!

Davidson s'exprime tout en ondulant son corps, comme s'il faisait une chorégraphie. Sa voix aussi est chantante, avec son accent créole et ses intonations ensoleillées. Mais Stan est impatient, et le policier haïtien le voit tout de suite. Il va au but:

— Il s'appelle Balthazar Otengué. Recherché pour homicides aux États-Unis, en Afrique du Sud et en République tchèque.

— Tu es sûr que c'est Blast ? interroge Nathalie.

— Quasiment, mon indic est sûr de lui. En revanche, ça m'a coûté deux cents bucks, alors faut pas oublier de me les rembourser.

— Tu feras une note de frais, plaisante Jean, pince-sans-rire.

Davidson continue :

— Il n'est pas poursuivi ici, en Haïti, alors on n'a pas de fiche de recherche. Ce qui est sûr, c'est qu'il n'a jamais été impliqué dans un enlèvement. Jusqu'à aujourd'hui.

— On sait où il se trouve ? demande Jean.

— S'il est au pays, on ne sait pas où. Mais ce que je sais, en revanche, c'est qu'il n'est pas de Cité Soleil. Et vous savez d'où il est ?

— De Jacmel, répondent en chœur Stan et Nath.

Le policier haïtien penche la tête, bouche bée :

— *What the fuck !* Comment vous savez ?

Tous les regards se tournent vers Moïse, qui sourit, pas peu fier de son apport technique. Stan poursuit :

— On a borné son téléphone là-bas quand on a eu un contact avec l'otage. Dis-moi que tu as une adresse, celle de sa famille, de ses proches.

— Non, la famille Otengué a été décimée lors du tremblement de terre de 2010. Seuls Balthazar et son frère Sterling ont survécu. Ils avaient une dizaine d'années.

— Tu sais où est le frère ?

— Non. Il aurait été tué dans une guerre des gangs il y a quelques années mais sans certitudes. Tu sais, ici, les fichiers ne sont pas très fiables.

Stan hoche la tête, tandis que Nathalie termine sa prise de notes et que Moïse et Davidson se dirigent vers la machine à café, au fond du container. Jean est dubitatif :

— Ça confirme votre idée que Blast débute dans le kidnapping. Et c'est un problème. Il va prendre le fric et se débarrasser de l'otage. Plus de témoin, pas de risque d'être identifié. Il faut qu'on prépare une solution tactique, et c'est à Jacmel que cela va se passer.

Jean a raison. Stan le sait, tout comme Nathalie, qui a déjà perdu un otage dans des circonstances similaires. Elle complète :

— Tant que Blast et l'argent ne sont pas en sécurité, le Dr Cluzel sera gardée en vie. Dès que le ravisseur estimera qu'il ne risque plus rien, il la tuera. Ou la fera tuer par ses complices. Ceux qui la gardent à Jacmel.

Stan fait un signe à Moïse, pour qu'il revienne vers le petit groupe. Jean demande :

— Qu'est-ce qu'on fait pour ton ami Davidson ?

— Je crois qu'il a montré qu'il était digne de confiance, non ?

Jean acquiesce avant que le négociateur fasse un geste de la main pour demander au policier haïtien de se joindre à eux tandis que l'officier du RAID rappelle son équipe. Quand tout le monde est autour de la table, Jean commence son briefing.

— Nous pressentons que Blast, le ravisseur, ne va pas aller jusqu'à la remise de l'otage. Il est fort possible qu'il disparaisse avec l'argent dès qu'il le pourra. Nous allons organiser une opération de sauvetage à Jacmel, lieu présumé de la détention du Dr Cluzel.

Stan jette un œil vers Davidson, tout comme Jean, attendant la réaction du policier haïtien. Dès qu'il s'aperçoit qu'il est scruté, Davidson se dédouane :

— *Hey*, les gars, pas de problème. Je vous aurais carrément conseillé de le faire si vous m'aviez demandé. Les groupes d'intervention de la police, ici, ce sont des cowboys. Il vaut mieux que vous le fassiez vous-mêmes.

Jean poursuit, refrénant un sourire après la réponse de Davidson :

— Yann, tu as pu jeter un œil sur les maisons que nous avons repérées tout à l'heure ?

— Oui, répond l'opérateur. Il y en a neuf qui sont un peu isolées dans un jardin, pas trop près des grands axes. Le lieu idéal si tu veux garder un otage. Par contre, elles ne sont pas à côté. Sans plus de précision sur le lieu, on va taper au hasard. Une chance sur neuf.

— Moïse, possible d'en savoir un peu plus sur le bornage du téléphone ? demande Stan.

L'Israélien racle sa gorge, comme il le fait chaque fois qu'il parle en public.

— Depuis ici, je ne vois rien d'autre que les bornes sur lesquelles se connecte le téléphone de Blast, avec une précision aléatoire, disons autour de deux cents à trois cents mètres. Mais si je suis à proximité du lieu d'émission ou de réception de l'appel, je peux vous donner le lieu avec une précision de dix à quinze mètres.

— OK. Tu viens avec nous à Jacmel, tranche Jean.

Stan acquiesce de la tête. Moïse ne peut retenir son sourire, se rappelant de l'homme de terrain qu'il était avant de se retrouver derrière des ordinateurs. Jean continue :

— On va partir de l'hypothèse que Blast va appeler ses complices dès qu'il aura l'argent. Il faut que nous soyons à proximité de la borne téléphonique de Jacmel pour que Moïse nous confirme la maison. Nous n'aurons ensuite que quelques minutes pour nous préparer à libérer le Dr Cluzel. Dans le même temps, nous aurons un dispositif technique pour suivre la rançon. Nous verrons demain comment le ravisseur veut organiser la remise.

L'équipe du RAID est silencieuse. Chacun intègre, à sa façon, les informations qui sont distillées par l'officier. Stan se retrouve dans l'ambiance des prises d'otage qu'il gérait, il y a quelques années, quand il était encore dans la police. Comme pour laisser la place aux hommes d'action, Nathalie s'est doucement écartée du groupe. Jean conclut :

— À ce stade, nous n'avons pas d'autres informations, alors on va tous aller dormir pour être en forme demain.

Jean sait que son équipe est en plein décalage horaire. Quand on est fatigué, on devient approximatif. Il n'a pas besoin de ça. Pendant que le petit groupe se disloque sans bruit, Stan s'approche de l'officier du RAID et lui demande :

— Quelle est ta priorité ?

— Entre quoi et quoi ? demande Jean.

— L'otage ou la rançon ?

— Toi, tu as mal pris le fait que je ne t'aie pas parlé de notre mission de récupération des fonds, répond l'officier en souriant.

— Disons que j'avais oublié que l'État était aussi près de ses sous.

— La DGSI, tu veux dire ?

Lire entre les lignes. C'est ce que Stan doit faire, Jean le lui a conseillé dans la voiture, cet après-midi. Mais l'officier est un homme d'honneur, et le négociateur le sait.

— Écoute, Stan, ma mission, c'est le docteur. Céline Cluzel. L'argent, c'est secondaire. Je vais mettre tout mon dispo sur Jacmel, et on va se concentrer sur elle. Si après, on peut tracer l'argent, on s'en occupera. Ça te va?

— Oui, répond laconiquement le négociateur.

— Tu m'aimes toujours, alors? demande Jean souriant.

Stan répond en faisant mine de lui asséner un coup de poing au menton au ralenti. La confiance avant les ordres. C'est la règle. Jean ne l'a pas oublié.

Chapitre 40

Clamart.

Le noir. Profond. Presque insondable. Comme la mort. Pourtant, Elena sait qu'elle n'est pas morte. Parce que si elle était morte, elle ne serait pas en train de se poser la question de savoir si elle l'est ou pas. Quand on est enfermé dans sa tête, il arrive parfois que l'on se fasse des nœuds au cerveau. Surtout quand on se réveille en pleine nuit sans vraiment plus savoir où l'on est.

Elle ne sait même plus quand tout cela a commencé. Tout ce dont elle se souvient, c'est de cette phrase « Avec le bon souvenir de Milo ». Rien de ce qui s'est passé après ne lui reste en mémoire. Après tout, est-ce vraiment si important ? Ce qui compte, c'est ce qui s'est passé avant. Quand elle était la complice de Milo. C'est fou comme la mémoire vous revient quand vous n'avez que vos souvenirs pour passer le temps. Le plus surprenant, ce sont les visages qui vous apparaissent d'un coup, comme si vous les aviez croisés la veille. Des visages souriants. Des visages massacrés. Elena se rappelle cette jeune femme. Pas plus de vingt-cinq ans. Elle était escort-girl dans un des hôtels de Milo, et il l'avait fait venir dans leur résidence de Minsk pour lui proposer de s'occuper du restaurant de l'hôtel. En fait, ce n'était qu'un prétexte. Un client s'était plaint à Milo que la jeune femme n'avait pas été assez docile avec lui : il fallait sévir, avait-il dit. À peine la jeune fille était-elle arrivée chez eux que son ex-mari l'avait rouée de coups, sous les yeux amusés de ses gardes du corps. Et comme si cela ne suffisait pas, il lui avait brûlé le visage à l'acide. Pour l'exemple.

Toute cette histoire revient clairement à la mémoire d'Elena dans les moindres détails. Elle entend les cris de la jeune femme, les rires des gardes du corps, les injures de Milo. Elle se rappelle que le calvaire ne s'était pas arrêté là : Milo avait obligé la jeune femme à revenir travailler à l'hôtel en tant que bagagiste. Jusqu'à ce qu'elle se jette dans la rivière Svisloch.

Tiens, d'ailleurs, ce n'était pas dans cet hôtel que Milo cachait ses dossiers ? Les informations compromettantes qui lui permettaient de tenir tout le monde par les couilles, comme il disait. Mais si ! C'est là ! Dans la suite qu'il se réservait ! Une fausse cloison, derrière l'armoire de la chambre principale. Une cloison qui cache la porte d'une pièce forte. Le petit secret que Milo avait tenté de lui cacher mais qu'Elena avait vu, quand il y avait accédé, pensant qu'elle dormait.

Il y a fort à parier que cette pièce cachée pourrait bien plaire au juge. Certes, il faut aller jusqu'à Minsk, mais pour faire tomber ce fumier, elle pourrait prendre tous les risques. Si elle s'en sort, bien sûr.

Chapitre 41

Port-au-Prince.

— On avait dit un million. Qu'est-ce que tu n'as pas compris là-dedans ?

La voix de Blast est calme. Presque froide. Une chape de plomb vient de s'abattre. Son accent créole qui enchantait ses mots ne parvient plus à la soulever. Il s'attendait à un montant. Stan lui en propose un autre. Le négociateur joue gros, mais il doit être cohérent : il résiste depuis deux jours pour ne pas céder l'intégralité de la rançon, ce serait suspect s'il avait tout à coup un million disponible.

Il n'y a jamais eu autant de monde dans le container. L'équipe de Stan, l'équipe de Jean, Paul Lindmann, Davidson. À part Moïse, Nath et Stan qui sont assis, tout ce petit monde se balance, debout, d'une jambe sur l'autre, comme des flamants roses qui attendraient le bus. Blast a envoyé un message tôt ce matin pour caler l'appel. Certainement parce qu'il est pressé. Dans cette affaire, tout le monde est pressé.

— Je sais, Blast, on avait dit un million. J'ai fait le maximum. Et le maximum, c'est 958 000 dollars. Je suis désolé, notre collègue n'a pas pu ramener plus d'argent depuis Paris. Je suis démuni, je n'ai pas d'autres options.

Stan ne lève pas les yeux. Il a posé ses deux mains sur son casque, ancré sur ses oreilles. Il est concentré. Coupé du monde. Coupé du temps. La réponse de Blast va être déterminante.

Une goutte de sueur vient s'écraser sur la feuille de papier. La feuille que Nathalie a glissée sous les yeux de Stan, tout à l'heure, avec les éléments clés du contact. Le support discret et indispensable de celle qui prend du recul, qui n'est pas directement impliquée dans la discussion avec le ravisseur. Sur la feuille, une phrase termine la liste des sujets à aborder lors de ce contact: «protocole de remise». La sacro-sainte remise, celle qui clôture le kidnapping. Mais elle ne pourra être abordée que si Blast accepte le montant proposé. Et le silence commence à durer.

Paul Lindmann se ronge les ongles. Il se sent directement responsable de la réussite ou de l'échec de la mission. Perdre un de ses médecins serait catastrophique, au-delà de l'impact humain duquel il aurait du mal à se relever. Jean, lui, a croisé les bras, et balance son buste de droite à gauche. Comme un sportif stressé avant de s'aligner sur un cent mètres. Au fond du container, son équipe écoute, fébrile. Peut-être que ses opérateurs du RAID réalisent enfin que la négociation n'est pas simplement de la parlotte ou du bla-bla inutile. Visiblement, aucun n'aimerait être à la place du négociateur en ce moment.

Stan est concentré. Il tente de capter le souffle de Blast, derrière le téléphone, d'entendre dans le silence si sa proposition est bien reçue ou si le ravisseur s'énerve. Jusqu'à la sentence:

— OK pour 958 000. On va dire que tu as fait le maximum.

Jean manifeste sa satisfaction, en fermant le poing à la manière d'un vainqueur. Moïse lâche un sourire, tout comme Paul, qui reprend vie. Mais Stan ne bronche pas. Il sait que rien n'est encore joué et que tout reste à faire.

— Merci, je suis content que nous ayons trouvé un accord, confirme le négociateur. Comment veux-tu procéder pour l'échange ?

— Cet après-midi. 17 heures. Tu mets l'argent dans un sac, tu montes dans un véhicule et tu t'assois côté passager. Pas de police, pas d'agent de sécurité. Sinon, on arrête tout et c'est fini pour le docteur.

— OK, répond Stan. On fait comme ça.

Blast a la main, il détient le rapport de force. Négocier sur l'heure de remise et le mode opératoire n'est pas le plus important pour l'instant. Le ravisseur continue :

— Tu prends la route Soleil 9 jusqu'au carrefour de la rue Hubert, tu fais demi-tour, et tu reviens jusqu'au carrefour du boulevard La Saline. Arrivé là, tu refais demi-tour et tu repars dans l'autre sens. Jusqu'à ce que quelqu'un t'arrête et te dise qu'il bosse avec moi. Tu lui remets le sac et tu repars.

Moïse est déjà sur Google Earth, tandis que Maxence et Yann se placent juste derrière lui pour voir sur le plan l'itinéraire évoqué. Max fait un signe de la main à l'attention de Jean, indiquant que la proposition n'est pas terrible. Stan reste concentré. Il répond :

— Je ne repars pas sans le Dr Cluzel. Je m'arrête si elle est là. Sinon, je garde l'argent.

— Pas question. Je n'ai pas envie de voir la police me tomber dessus au moment où je récupère l'argent.

— Blast, je ne remets pas l'argent si je ne vois pas l'otage.

— Ça ne se passe pas comme ça, ici. Quand j'aurai l'argent et que je serai à l'abri, on laisse partir le Docteur. C'est tout.

— Non, je…

— Stop ! Je t'arrête, Stanislas ! C'est comme ça, et c'est tout. Sinon, je raccroche et tu ne revois plus la femme. J'ai un autre acheteur, OK ?

Nathalie se tourne vers Stan, et lui fait un signe avec les deux mains, signifiant qu'il faut calmer le jeu. Le négociateur sent lui aussi que Blast peut s'énerver, comme hier. Il reprend la main, en demandant calmement :

— Qu'est-ce que tu proposes ?

— Quand j'ai l'argent, on lâche le Docteur.

— Où ça ?

— Près d'un aéroport.

Jean fait non de la tête. Mais Stan sait qu'il n'a pas trop de choix.

— Qu'est-ce qui me garantit que tu vas bien la libérer quand tu auras l'argent ?

— Rien. Il va falloir me faire confiance.

— Ce sera quel aéroport ?

Blast ne répond pas. Il hésite visiblement à donner l'information.

— Jacmel.

— Il faut que je voie si c'est possible, on peut se rappeler dans une heure ?

— Non. C'est comme ça que ça se passe. Tu fais les aller et retour sur la route Soleil 9 jusqu'à ce qu'on t'arrête. S'il y a quelqu'un d'autre que toi et ton chauffeur dans la voiture, elle est morte. Si vous êtes suivis, elle est morte. Si vous vous arrêtez pour parler à quelqu'un d'autre qu'à mes gars, elle est morte. OK?

Stan expire, de sorte que le ravisseur l'entende. Il finit par acquiescer :

— OK. On fait comme ça.

— Parfait, conclut Blast. C'était un plaisir de traiter avec toi, Stanislas.

Le temps est suspendu jusqu'à ce que l'écran du téléphone affiche la fin de l'appel. Le contact est terminé mais personne n'a repris son souffle. C'est Valdo, au fond, qui rompt le silence :

— Bon, je vais aller mettre de l'essence dans la bagnole.

Jean ricane nerveusement, tandis que Moïse se retourne pour voir si l'opérateur plaisante ou s'il est sérieux. Stan rit à son tour, un bon exutoire pour laisser filer la pression. Nathalie se lève pour s'étirer, comme le fait habituellement son patron après un contact. Elle s'approche de Stan, et pose ses mains sur ses épaules, avant d'approcher son visage et de glisser à son oreille :

— Bien joué, boss.

Elle glisse ses mains sur le cou du négociateur, dans un geste trop sensuel pour que ce ne soit que des félicitations entre collègues. Stan éprouve instantanément le trouble que Nathalie savait déclencher en lui, avant. Mais ce n'est pas le moment de se déconcentrer : la libération d'un otage est un moment sensible. Il se lève et annonce à la cantonade :

— Bon ! Nous avons un protocole de remise. Il n'est pas confortable, mais on va faire en sorte qu'il se déroule bien.

Entre les jambes de Nathalie, Snow se faufile comme si de rien n'était. Le chat saute d'un bond sur la table, comme pour rejoindre l'équipe et participer au débriefing du dernier contact. Il n'y a plus aucune peur dans son attitude. Il marche calmement entre les écouteurs et les fils qui encombrent la table. On dirait un mannequin qui fait son show. Le tapis sur lequel sont réalisés les défilés de mode ne s'appelle pas le *catwalk* pour rien.

Jean s'est rapproché du négociateur :

— C'est moi qui vais conduire la voiture.

— Non, je vais prendre Davidson. Il est plus passe-partout que toi.

— Je ne sais pas comment je dois le prendre ? ironise l'officier.

— Toi, tu vas filer à Jacmel. Blast a confirmé que l'otage se trouvait là-bas.

— Tu crois que cela va se passer comme il l'a dit ?

— Je ne sais pas. Je n'ai pas envie de lui faire confiance, mais nous n'avons pas vraiment le choix.

Jean fait une moue dubitative. Il poursuit :

— Je vais faire décoller l'avion de Fort-de-France dès à présent, destination Jacmel. On a trois opérateurs et un médecin à bord. Ils prendront en charge le Dr Cluzel dès que nous l'aurons récupérée, soit parce qu'elle sera libérée, soit parce qu'on aura donné l'assaut.

— Soit parce qu'elle sera morte, lâche dans un souffle Stan.

C'est malheureusement une option que les deux hommes doivent envisager. De toutes les façons, maintenant, les dés sont jetés et les mises sont sur la table.

Chapitre 42

Paris.

La sombre et discrète C5 de la DGSI se faufile à travers les rues grises du centre de la capitale. Les phares percent le crépuscule pluvieux de ce soir de février. À son bord, Marc Brama est songeur. Préoccupé. Assise à côté de lui sur la banquette arrière, Martha vérifie machinalement les derniers emails sur son téléphone.

La ville est drapée dans son manteau d'hiver. Elle semble s'étendre indéfiniment sous le ciel chargé de nuages. Les gouttes de pluie tambourinent doucement sur le toit de verre du véhicule, comme une symphonie mélancolique. La voiture s'engage sur le pont Alexandre-III, les eaux sombres de la Seine reflétant les lumières de la ville.

— Ils en sont où ? demande le commissaire Brama.

— L'officier du RAID vient de m'envoyer un message, la remise de la rançon aura lieu cet après-midi, répond calmement Martha.

— À quelle heure ?

— 17 heures, heure locale, 23 heures pour nous.

Marc Brama n'a pas tourné la tête, il regarde toujours à travers la vitre teintée de la C5. La pluie forme de longues jambes sur le verre, tremblotant au rythme du chaos des rues parisiennes. Son adjointe ajoute :

— Elena Orasca s'est réveillée. Trois arrêts cardiaques en deux mois, cela commence à faire beaucoup. Les médecins redoutent que le prochain lui soit fatal.

Le commissaire se tourne vers sa collègue, puis regarde la route, devant lui. Il murmure :

— Il ne faut pas qu'elle meure avant de nous avoir livré toutes les informations qu'elle détient sur son ex-mari.

— Tu crois vraiment qu'elle sait où il cache ses dossiers ?

— J'en suis certain. Ce n'est pas de son témoignage que Milo Louchenko a peur. Un bon avocat peut faire voler en éclats n'importe quelle déclaration, surtout quand elle vient d'une femme blessée, et qui plus est la complice des crimes de l'accusé pendant des années. Non, je pense qu'elle a la main sur le trésor de Milo Louchenko. Et il le sait. Ou du moins il s'en doute. S'il perd ses dossiers ou s'ils sont révélés, Milo est mort. Au sens propre comme au figuré.

Les deux commissaires se connaissent bien. Martha sent que son collègue est plus tendu que d'habitude. Elle essaye d'en savoir plus :

— Est-ce qu'il y a autre chose qui t'inquiète dans ces dossiers ? Quelque chose que tu ne m'as pas dit ?

Marc sourit. Comme une résignation. Martha est douée. Et surtout, elle est digne de confiance. Le commissaire baisse le ton de sa voix :

— Nous apparaissons dans les dossiers de Milo.

— Nous, la DGSI ?

— Nous, la DGSI et moi. J'ai fait appel aux services de Louchenko il y a quelques années, quand j'étais à la contre-ingérence.

L'adjointe de Marc ne renchérit pas. Leur conversation n'est pas un interrogatoire. Et Marc connaît la musique. Il parle s'il le souhaite. Et aujourd'hui, il le souhaite.

— On cherchait une source au sein des services allemands. Le gouvernement voulait mettre fin aux attaques de notre allié d'outre-Rhin contre notre système de production d'électricité nucléaire. Bref, nous avions identifié une source potentielle mais nous n'avions pas beaucoup de moyens pour la retourner. Alors, on a demandé à Louchenko de la compromettre. Pour nous.

— Avec ses méthodes ?

— Oui. De celles que nous ne pouvions cautionner officiellement.

— Ça a marché ?

— Non. Une catastrophe. La source était un diplomate homosexuel. Louchenko l'a compromis dans une sombre histoire de partouze. Un truc sordide. Mais il n'a pas fait dans la dentelle. Le gars s'est jeté sous un train quelques jours plus tard.

Marc s'est retourné vers la vitre de la C5, le regard dans le vague. Martha poursuit :

— Louchenko a des infos qui permettraient de remonter jusqu'à nous ? Ou jusqu'à toi ?

— Je pense. Son avocat a essayé de me contacter à plusieurs reprises. Je n'ai pas donné suite.

— Lombard est au courant ?

— Surtout pas. Je ne suis pas sûr qu'il approuverait.

C'est au tour de Martha de regarder par la vitre. La buée commence à réduire son champ de vision, signe que le froid parisien a redoublé avec la tombée de la nuit.

— Tu crois que la chirurgienne pourra sauver Elena Orasca ? demande-t-elle.

— Je ne sais pas, répond Marc. Tout le monde nous dit qu'elle est très forte. Et puis c'est notre dernière chance, alors j'ai envie d'y croire.

— On aura mis tous les moyens pour la récupérer. Je suis tout de même surprise que le directeur t'ait donné aussi vite son accord pour la rançon.

— Il ne m'a jamais donné son accord, souffle Marc.

Martha se retourne, interrogeant du regard son patron. Elle bafouille :

— Tu plaisantes ?

— Non. J'ai pris l'initiative de taper dans les fonds de mission. J'espère que le RAID va nous ramener Céline Cluzel et la rançon, sinon…

— Sinon tu sautes, lâche Martha.

— Oui, conclut Marc, laconique. Et ce ne sera que le début de nos ennuis.

Chapitre 43

Jacmel.

Les hommes sont serrés les uns contre les autres, assis comme ils peuvent à l'arrière du véhicule utilitaire que Davidson leur a dégoté. Le chauffeur est un de ses cousins, fiable et discret, comme il l'a dit. Dans l'habitacle, personne ne bronche. Même Moïse, pourtant prompt à râler chaque fois qu'une occasion se présente. Mais il ne dit rien sur le bruit du moteur, de la route, ni sur l'odeur de transpiration qui commence à saturer l'air surchauffé de l'habitacle. Le véhicule a été choisi parce qu'il est vieux, abîmé, qu'il est sans fenêtres, et qu'il se fond parfaitement dans le trafic infernal de Haïti.

L'Israélien s'est déjà retrouvé dans ces ambiances de préparation du feu, vêtu de son gilet pare-balles et muni de son ordinateur ouvert sur les genoux. Le matériel était moins moderne, l'homme était plus svelte et plus alerte. Mais le bruissement des gilets tactiques et le bruit des armes que l'on prépare étaient les mêmes. À l'époque, Moïse chassait les terroristes avec le Mossad. Avec un certain succès.

À sa droite, Valdo a troqué son volant de la veille pour son PGM. L'arme de sniper, mise au point spécialement pour le RAID, est aussi sobre qu'elle est dangereuse. Qui pourrait penser que ce bout de métal peut vous faire exploser la tête à huit cents mètres ? Maxence ajuste son casque et teste ses lunettes de vision nocturne. Jean, près de la porte arrière, est au téléphone. Après quelques secondes, il replie l'antenne de son dispositif satellite et annonce à son équipe, en criant assez fort pour couvrir le vacarme ambiant :

— Le 7X vient de se poser à Jacmel. Apparemment, c'était chaud. On est plus sur un pré à vaches que sur un vrai aéroport. Mais l'essentiel est que le Falcon soit là avec notre équipe d'exfiltration et le médecin. Ils vont stationner en bout de piste pour repartir dès que possible.

Les opérateurs acquiescent d'un mouvement de tête pour indiquer qu'ils ont reçu le message. Moïse, lui, est concentré sur son matériel. Il attend que le numéro de Blast appelle Jacmel pour localiser le destinataire. C'est un peu de la pêche miraculeuse : si Blast n'appelle pas, ou si l'otage a été déplacée, l'opération ne sert plus à grand-chose. L'expert du renseignement le sait. Mais qui ne tente rien n'a rien.

À la gauche de Moïse, Yann a aussi un ordinateur sur les genoux. L'Israélien se penche vers lui :

— C'est quoi la portée de ton traceur ?

— On suit la balise dans les billets par GPS. Il n'y a pas de portée maximale. Tant que le sac avec la rançon est sous l'œil des satellites, on voit où il est. À deux mètres près.

Moïse opine du chef, pour saluer la performance. Yann complète :

— Le problème, ce n'est pas la portée, c'est l'autonomie. La batterie de la balise peut tenir huit heures. Peut-être dix. Après, on la perd.

— Le dispo est dans le sac ?

— Non, dans les billets. S'ils jettent le sac, on peut toujours suivre l'argent. La batterie est ultrafine, mais pas très performante. On ne peut pas tout avoir.

L'opérateur oriente son écran vers Moïse.

— Regarde. Ils sont sur la route Soleil 9. Ils roulent à moins de douze kilomètres-heure. Je pense qu'ils sont dans les embouteillages.

Sur l'écran, un point rouge se déplace lentement sur le plan de Port-au-Prince. Stan et Davidson sont toujours en mouvement. Et aucun n'a appelé pour dire qu'ils avaient pris contact pour la remise de la rançon.

Dans l'habitacle, la voix de Jean tonne brusquement :

— On arrive dans le quartier de Lamandou ! Notre chauffeur va stationner discrètement en attendant d'en savoir un peu plus sur la localisation du lieu de détention.

L'officier s'assoit sur la banquette improvisée, signe que l'attente pourrait être longue. Il se tourne vers Yann et Moïse et lâche dans leur direction :

— Les techos, vous êtes nos yeux et nos oreilles, maintenant.

Chapitre 44

Port-au-Prince.

— Tu crois qu'on va tourner longtemps comme ça?

Davidson ne s'impatiente pas encore, mais on dirait que cela commence à venir. Voilà maintenant plus d'une heure que Stan et lui montent et descendent le long de la route Soleil 9 dans cette voiture usée par le temps mais toujours robuste. Ses éraflures et ses bosses témoignent des défis quotidiens dans cette ville grouillante et imprévisible.

Le soleil décline doucement en jetant ses dernières lueurs chaudes sur la capitale haïtienne. Les rues sont animées, remplies de vendeurs ambulants, de piétons suicidaires et de motos qui se faufilent avec une agilité déconcertante entre des véhicules poussifs. Les klaxons se répondent dans une cacophonie presque organisée. Des gamins poussent des charrettes improvisées, faites de planches de bois montées grossièrement sur des châssis de voiture.

Entre les jambes de Stan se trouve un sac de sport rempli de billets. Et d'un traceur. Le négociateur n'en est pas à sa première remise de rançon. Il a déjà procédé à des échanges qui ne se déroulaient pas aux mêmes endroits: l'argent d'un côté, l'otage de l'autre. Tout repose alors sur la confiance, mais peut-on vraiment faire confiance à Blast ? Dehors, des complices les observent, forcément. Les regardent passer, pour voir s'ils sont seuls. Si un véhicule les suit. Ils vont les laisser tourner, le long de cette avenue, jusqu'au moment où ils seront sûrs qu'ils peuvent les arrêter.

Les minutes s'allongent. Il faut détendre l'atmosphère.

— Pourquoi tu es devenu flic, Davidson ?

Le policier haïtien se met à rire. Comme il le fait quand il est gêné ou quand on touche à un sujet intime. Sans quitter des yeux la route encombrée, il remue la tête de haut en bas et réajuste la casquette vissée sur sa tête.

— C'est ma mère, répond-il.

— Quoi ? Ta mère était flic ? demande Stan sur le ton de la plaisanterie.

Davidson éclate de rire. Les deux hommes sont stressés, tendus par la gravité de tout ce qui se passe. Mais les rires fusent pour exorciser l'inquiétude.

— Non, ma mère était femme au foyer. Elle était très croyante, très pieuse. Et très sévère. Je craignais tellement qu'elle me surprenne en train de faire des bêtises que j'ai préféré me mettre du côté de la loi plutôt que de l'enfreindre.

Stan sourit. L'importance de ces mamans, fortes, droites, pour ces gamins déboussolés et qu'elles ramènent sur la bonne voie.

— Tu as encore ta maman ? demande le négociateur.

— Oui. Elle est partie vivre à Saint-Domingue en 2021. C'est plus facile pour moi. Elle n'aimerait pas me voir traîner avec les voyous et les dealers. Même si c'est pour la bonne cause. Et toi ? La famille ?

Stan dirige un instant son regard vers la vitre, puis se retourne vers Davidson :

— Elia, ma femme, est partie il y a quelque temps.

— Ah. Divorce ?

— Non.

La réponse laconique n'appelle pas de nouvelle question. Stan poursuit :

— Et Lara, ma fille, vit à Montréal.

Davidson se tourne à son tour vers Stan :

— Et Nath ? Il y a quelque chose entre vous ?

— Qu'est-ce qui te fait dire ça ?

— Des trucs. Des gestes. On sent que vous êtes très proches.

Stan n'a pas le temps de répondre. Un jeune vient de taper à sa fenêtre, côté passager. Davidson immobilise la voiture dans la circulation, toujours dense.

— Descends de la voiture ! dit le jeune Haïtien à travers la vitre.

Stan montre ses deux mains, pour indiquer qu'il n'est pas une menace. Le jeune Haïtien lui fait signe avec sa main de sortir. Le négociateur baisse sa vitre. Il serre entre ses pieds le sac qui se trouve sur le plancher de la voiture. Le jeune homme s'approche :

— Je bosse pour Blast. C'est bon, sors !

— Tu bosses avec qui ? demande Stan pour tester le garçon.

— Blast, tu connais ! Il a la femme. Sors !

Tout en parlant, le jeune lève son tee-shirt et laisse apparaître la crosse d'un revolver presque aussi gros que lui.

Davidson souffle :

— Il n'est pas seul. Un mec se trouve à sa droite tenant un flingue dans le dos.

Stan regarde au-dessus de l'épaule du gamin qui lui parle. Effectivement, un autre jeune les fixe. Jean baissé sur les hanches, marcel blanc, casquette. Une main dans le dos. Et il n'est pas seul. Davidson complète :

— Un autre à gauche. Survêtement. Bob bleu.

En un coup d'œil, Stan voit le troisième. Il y en a forcément d'autres. Le jeune face à lui insiste :

— Descends. Donne le sac. Allez !

Quitter l'abri du véhicule, c'est prendre le risque d'être agressé et de se faire voler la rançon. Ne pas descendre, c'est prendre le risque de voir la négociation capoter et de perdre l'otage. Stan pousse la porte qu'il laisse grande ouverte, et avance d'un pas sur le trottoir. Davidson a posé la main sur le Beretta 92 qu'il a placé entre ses jambes sur le siège.

Le négociateur tient le sac à la main. Face à lui, le jeune Haïtien est calme. Il ne s'approche pas, ne cherche pas à prendre l'argent. Il a l'air d'être pro, et c'est plutôt rassurant. Il demande :

— OK. On est avec Blast. Donne le sac et on relâche le docteur.

Stan tend le petit bagage en toile au gamin qui s'en saisit. Il l'entrouvre, pour s'assurer que l'argent se trouve bien à l'intérieur. Il regarde ensuite ses deux complices, alternativement, pour confirmer que la rançon est là d'un signe de tête. L'homme avec le bob sur la gauche de Stan s'approche pour récupérer le sac. Le jeune qui échange avec le négociateur depuis le début s'approche.

— C'est bon ? On est d'accord ? demande Stan.

— Oui, c'est bon.

— Où est le docteur ?

— À Jacmel, répond le gamin. On va la lâcher à l'aéroport de Jacmel.

— Quand ?

— Tu verras. J'ai une question, répond le jeune homme.

— Quelle question ?

— Tu la connais, le Docteur ?

— Oui, j'ai travaillé avec elle.

Le gamin recule d'un pas en hochant la tête. Brusquement, il lève son tee-shirt, saisit son arme et la lève vers Stan. Le négociateur, qui a capté le début du geste du jeune Haïtien, est déjà sur lui pour dévier son bras. Le coup part. Brutal. Le son rugueux d'un 357 Magnum. Avant que le négociateur n'ait pu tenter de désarmer son agresseur, il ressent une vive douleur dans le dos, à gauche, au niveau des lombaires. Un quatrième homme s'est jeté sur lui et vient de le poignarder. Une longue lame métallique s'enfonce au creux de ses reins. Seconde détonation. Plus soyeuse. Un 9 mm. C'est Davidson qui est sorti de la voiture et qui vient de tirer en l'air. En une seconde, tout le monde s'égaye, comme une nuée de moineaux qui s'effarouche dans tous les sens. Sauf Stan, sidéré par l'attaque. Et par la douleur. Il porte immédiatement sa main gauche dans son dos. En la retirant, il perçoit qu'il saigne abondamment. Davidson est déjà sur lui, et l'aide tant bien que mal à remonter dans la voiture. Autour d'eux, tout le monde s'est enfui, agresseurs comme témoins. Un réflexe vital qui a l'air d'être une habitude ici. La douleur paralyse la jambe de Stan, qui peine à s'asseoir. Très vite, le policier haïtien revient derrière son volant et fonce vers le centre de Port-au-Prince.

Stan reprend son souffle, malgré la souffrance terrible qui le transperce. Il fait un point de compression tant bien que mal, son bras complètement tordu pour aller appuyer sur ses lombaires. Davidson n'a toujours pas ouvert la bouche, il est crispé sur son volant. Stan tente une plaisanterie :

— Finalement, ça s'est bien passé, non ?

Davidson n'a pas la tête à rire. Le négociateur continue :

— Tu m'emmènes où ?

— À l'hôpital général.

— Non, on va au State University Hospital. Paul Lindmann va nous rejoindre là-bas.

— Tu es sûr ?

— Oui. J'appelle Nath.

Le négociateur sort péniblement son téléphone de sa poche de pantalon avec sa main droite, sa main gauche toujours appuyée sur sa blessure. Il compose le numéro de Nathalie, et tente de reprendre un peu de son souffle pour ne pas l'inquiéter. La douleur est vive, son côté gauche le lance et il ressent des fourmis dans la jambe. Après quelques sonneries, la psychologue répond :

— Stan ! Enfin ! Vous avez fait la remise ?

— Oui, répond le négociateur en cherchant à garder son calme. Ils vont libérer Céline Cluzel à l'aéroport de Jacmel.

Le négociateur a du mal à respirer. Il ne peut réprimer les signes de douleur dans sa voix. Nathalie le connaît trop bien pour ne pas le sentir.

— Ça va ? demande-t-elle, inquiète.

— Bof, répond Stan, laconique.

— Comment ça, bof ?

— Écoute, Nath, je n'ai pas trop le temps de t'expliquer. J'ai pris un coup de couteau, tu peux dire à Paul Lindmann que je suis en route pour le State University Hospital ? Je saigne abondamment, je pense que j'ai le rein gauche perforé.

— Quoi ?!

Le négociateur n'a pas le temps de rassurer Nathalie. Une douce chaleur l'enveloppe, tandis qu'un voile blanc tombe lentement sur ses yeux. Il ne peut s'empêcher de se laisser aller sur l'appuie-tête. Ses membres deviennent de plus en plus lourds. Il finit par perdre connaissance. Fin de service pour Stan.

Chapitre 45

Jacmel.

Moïse en viendrait presque à regretter la chaleur du container, tant celle qu'il ressent dans le camion est insupportable. Sans parler de la promiscuité et de l'impatience des opérateurs du RAID qui ne tiennent pas en place et qui gigotent sans cesse.

L'Israélien observe son écran. Beaucoup d'appels sur la borne à proximité mais aucun ne provient du téléphone de Blast. Il ne semble pas être dans le coin. Du côté de Yann, le traceur est en mouvement, il a quitté son itinéraire répétitif depuis presque une demi-heure. Il alerte :

— Le sac part vers l'est, il sort de Port-au-Prince. Vitesse un peu plus rapide qu'une voiture prise dans les embouteillages. La rançon est sur une moto, je pense.

Jean sent son téléphone vibrer dans son gilet tactique. L'officier décroche et écoute longuement sans réagir. Après presque une minute, il raccroche, et se racle la gorge avant de faire un point de situation à son équipe.

— La remise est confirmée. Le contact a dit à Stan que l'otage serait relâchée à l'aéroport de Jacmel.

— On fait mouvement vers là-bas ? demande Valdo.

— Non. On contacte tout de suite l'équipe d'exfiltration qui est déjà à l'aéroport. Nous, on ne grille pas notre planque.

Moïse interroge :

— La priorité, ce n'est plus le Dr Cluzel ?

— C'est la priorité de l'équipe qui est déjà sur place. Nous, nous restons sur la rançon.

— Comment ça, sur la rançon ? interroge Moïse.

— J'ai vu ça avec Stan, lâche fermement l'officier du RAID.

Jean préfère ne rien dire sur l'état de santé du négociateur. Cela ne change rien à la mission, et il a besoin de Moïse pleinement concentré sur la localisation du téléphone de Blast. Il poursuit son brief :

— On va attendre de voir si la balise revient vers Jacmel. Si ce n'est pas le cas, on fera mouvement. Mais si les complices de Blast ont gardé l'otage dans le coin, il n'y a pas de raison que cela se passe autrement.

Yann, les yeux rivés sur son écran, donne un point de situation :

— La balise est sur la RN 2, direction Gressier. C'est la route pour venir à Jacmel. Elle vient de faire un demi-tour avant de repartir dans l'autre sens. Actuellement, elle se déplace à une vitesse approximative de soixante-dix-huit kilomètres-heure.

— Contre-filature, souffle Oscar.

— Oui, ils se méfient, ajoute Max. Ça va modifier le temps de trajet.

— Ce n'est pas grave, les gars, on reste concentrés, tranche Jean. Moïse, tu pistes toujours les appels de Blast. Yann, tiens-nous au courant de l'évolution de la balise.

Chapitre 46

— Madame ! Madame !

Sylvain, l'opérateur du RAID, s'est approché de la femme. Elle arrive à pied depuis la route départementale 41. Une voiture vient de la lâcher avant de repartir en trombe. Elle a le visage tuméfié, elle marche difficilement, mais elle sourit. Elle regarde le policier et lâche :

— Enfin vous êtes là ! Vous en avez mis, du temps.

L'opérateur n'a pas eu de mal à reconnaître l'otage. Une femme blanche, blonde, avec des traces de coups sur le visage, qui débarque devant le petit aéroport de Jacmel à une heure où plus aucun avion n'atterrit ou ne décolle, l'homme avait peu de risque de se tromper.

Derrière eux, Mike et Oran, deux autres opérateurs, arrivent en petite foulée. Bien qu'ils soient en civil, le gilet pare-balles discret qu'ils portent et les armes enfoncées dans leur ceinture ne laissent aucun doute sur leur statut de policier. L'un d'eux s'approche de l'otage et l'interroge, sur un ton ferme :

— Quel est votre nom, madame ?

— Je m'appelle Céline Cluzel.

— Quelle est votre date de naissance ?

— Je suis née le 14 juin 1972.

— Quelle est votre profession ?

— Médecin. Je suis médecin militaire. Colonelle.

Mike doit vérifier l'identité de l'otage. C'est le protocole d'exfiltration. Il se retourne vers son collègue :

— C'est bon, c'est elle.

Oran, le second policier, s'approche en souriant :

— Nous avons un médecin avec nous, il va vous examiner.

— Non, c'est bon, ne vous inquiétez pas, je ne suis pas en sucre.

— Vous avez des ecchymoses marquées sur le visage, et votre œil droit est très enflé.

— Mes ravisseurs n'ont pas été très amicaux. Mais ça va aller, j'ai déjà vécu pire.

Un des policiers du RAID fait un signe aux pilotes du Falcon 7X de mettre les moteurs en route. À côté du jet de l'armée de l'air, les deux aéronefs de tourisme garés sur le tarmac font grise mine. Le petit groupe arrive rapidement à proximité de l'avion au moment où les moteurs se mettent à gronder.

— Nous avons instruction de vous ramener le plus rapidement possible en France, madame.

— C'est parfait, je vous avoue que mon séjour en Haïti n'a que trop duré.

Tandis que tous montent à bord, Sylvain sécurise l'environnement en regardant à droite, puis à gauche. L'unique bâtiment de l'aéroport n'est éclairé que par quelques lampes, disséminées çà et là. Seuls les deux agents de sécurité sont encore présents, pour faire acte de présence plutôt que pour réellement protéger les lieux. Ils n'ont d'ailleurs pas fait beaucoup de zèle quand les hommes du RAID sont venus leur dire qu'il s'agissait d'une halte technique et qu'ils n'en avaient pas pour longtemps.

Il ne faut pas plus de trois minutes pour que l'avion s'aligne en bout de piste. Le bruit des moteurs s'accroît d'un coup, jusqu'à ce que le pilote lâche les freins. En quelques secondes, il n'est plus qu'une tache claire qui s'enfonce dans le ciel sombre de Haïti. L'otage est en sécurité et en route pour la France.

Chapitre 47

Port-au-Prince.

— Allez-y, faites-le entrer dans le bloc !

Paul Lindmann tient la porte grande ouverte pendant que Davidson aide Stan à marcher tant bien que mal. Le négociateur tient toujours sa main sur son côté gauche, et avance en boitant vers la grande table métallique qui occupe le centre de la pièce.

À cette heure, il ne reste pas grand monde dans les locaux. Par chance, les deux infirmières haïtiennes qui travaillent avec Chirurgiens sans frontières étaient encore là et elles n'ont pas hésité à faire des heures supplémentaires quand le Dr Lindmann leur a dit qu'un patient imprévu devait être pris en charge en urgence.

Le bloc n'a rien de conforme avec ce que l'on pourrait rencontrer en Europe, mais il est simple et fonctionnel, ce qui est le plus important pour le chirurgien. Autour de la table, plusieurs dessertes sont en train d'être équipées par l'une des deux infirmières. Les champs opératoires, les scalpels, les morceaux de gaze sont disposés en rangs serrés pour une intervention imminente.

L'autre infirmière découpe les vêtements de Stan pendant que Paul Lindmann examine sa blessure. Le négociateur plaisante :

— Docteur, je croyais que vous opériez des cerveaux. Vous allez vous en sortir, vous croyez ?

— Ça devrait aller, répond le chirurgien en souriant.

Stan sent les mains de Paul sur son dos, qui étirent un peu la plaie.

— La blessure n'est pas très belle. La lame a peut-être transpercé le rein. Ça saigne beaucoup.

— Ça va aller ? interroge Stan avec une touche d'inquiétude.

Le chirurgien ne répond pas.

— Pas de réponse, bonne réponse, lâche le négociateur avec fatalisme.

Dans le couloir, la voix de Nathalie parvient aux oreilles de Stan. Il sait qu'elle ne va pas être contente. Et il a raison :

— Putain, Stan ! Qu'est-ce que tu as foutu ?

Le négociateur ricane, malgré la douleur qui traverse son abdomen. Il s'allonge sur la table d'opération en soufflant :

— Moi aussi, je suis content de te voir, Nath.

La psychologue cache sa peur sous la colère. Elle s'approche de Stan :

— Je viens d'avoir Jean, l'équipe d'exfiltration a récupéré le Dr Cluzel. Elle est salement amochée mais elle va bien. Ils viennent de décoller.

— Parfait. Bon travail, lâche simplement Stan.

Le Dr Lindmann a entendu. Il exulte, un sourire marqué barre son visage. Il s'approche à son tour du négociateur :

— Merci, Stan. Merci beaucoup.

— On est là pour ça, doc.

La douleur dans le dos s'estompe doucement. Stan sent ses mains s'engourdir. Ses pieds aussi. Il aperçoit le visage de Paul qui se penche vers lui en ajustant son masque chirurgical :

— Je vous endors. Vous avez fait votre job, je vais faire le mien.

Tandis que Nathalie s'éloigne sans le quitter, le négociateur ne peut s'empêcher de lui partager une question pour laquelle il n'a pas de réponse.

— Nath ! Pourquoi il m'a poignardé ? Cela n'a pas de sens. Ils ont essayé de me tuer alors qu'ils avaient l'argent. Pourquoi ?

Paul Lindmann est déjà dans son opération. Il met la main sur le front de Stan pour le forcer à poser sa tête sur la table.

— Laissez-vous aller, je m'occupe de tout.

Le dernier mot résonne dans la tête de Stan, comme un écho qui disparaît dans les vapeurs de l'anesthésie.

Chapitre 48

Levallois-Perret.

Le bureau du patron de la division T7 est la seule pièce encore allumée dans le long couloir impersonnel du bâtiment de la DGSI. À l'intérieur, Marc et Martha sont assis de chaque côté de la grande table de réunion, simplement éclairée par deux lampes au design épuré. Une sobriété qui saute aux yeux.

Les murs sont gris. Sombres. Froids. Service de renseignement oblige, rien n'est affiché. Rien ne traîne sur le bureau. À part deux tasses à café siglées avec le logo de la DGSI, rien ne peut laisser penser que l'on se trouve dans le saint des saints de la lutte antiterroriste.

Au milieu de la table est disposé un poste de télécommunication ultramoderne. L'appel entre le patron du RAID et le patron de T7 est sur le point de s'achever.

— Merci, Guillaume, tes gars ont fait un super boulot, comme toujours. La DGSI te remercie.

— Avec plaisir, Marc, content que ton affaire avance. Le Falcon sera à Villacoublay autour de 9 heures ce matin, heure de Paris. On escorte directement vers les urgences de Percy pour que l'otage libérée soit prise en charge.

— Elle est en bonne forme, si tant est qu'elle puisse l'être après plusieurs jours de captivité ?

— Ça va. Le doc m'a dit qu'elle était pas mal marquée au niveau du visage, mais pour le reste, elle pète le feu. Elle prend ça avec pas mal de recul, semble-t-il. Notre autre équipe est encore sur place. Pour la suite.

Marc respire. Il est soulagé, autant pour l'otage que pour le témoignage d'Elena.

— Encore merci, et à charge de revanche. On se rappelle quand ils ont récupéré l'argent, termine le patron de T7.

Martha se lève, pour dégourdir ses jambes et faire redescendre la pression.

— Le Dr Cluzel est libre. Une bonne chose de faite, lâche Martha.

— Oui. Nous n'avons pas encore récupéré Elena Orasca en bonne santé, mais c'est une première étape nécessaire.

— Tu penses qu'elle pourra être opérée rapidement ?

— J'espère. Guillaume a dit qu'elle était salement amochée mais qu'elle avait l'air solide. J'espère que nous pourrons envisager une opération dans le mois qui vient.

— Et l'argent ?

— Attendons de voir ce que fait l'équipe du RAID restée sur place. Espérons qu'ils seront aussi efficaces avec la rançon que Stan l'a été avec l'otage.

Chapitre 49

Jacmel.

La nuit s'est maintenant confortablement installée sur Petit Paradis, dans l'arrondissement de Léogâne. Les quelques voitures qui traversent encore le bourg ne traînent pas, les coupeurs de route ne vont pas tarder à se mettre en place pour pratiquer leur racket nocturne.

Il est une heure du matin et la moto vient de repartir sur la RN2, en direction de Port-au-Prince. Le pilote a bien suivi les instructions que Blast lui avait données : faire plusieurs tours des ronds-points, s'arrêter de longues minutes dans les zones boisées et observer pour identifier une éventuelle filature, effectuer des demi-tours brusques et changer d'itinéraire pour arriver jusqu'ici.

La moto n'est pas restée longtemps, juste ce qu'il a fallu au passager de la moto pour raconter à Blast comment s'était déroulée la transaction. Et surtout pour lui remettre les fonds. Cela fait déjà plusieurs heures qu'il sait que l'argent a changé de propriétaire mais il n'est vraiment rassuré que depuis qu'il tient le petit sac de sport entre ses mains.

Blast ne craint pas pour sa sécurité. Mais il est préférable de ne pas trop attirer l'attention, surtout quand on a presque un million de dollars dans sa voiture. Il démarre son lourd SUV pour reprendre la route vers Jacmel. Arrivée prévue vers 2 heures du matin. Si tout va bien.

L'argent n'a jamais été facile, ici. Blast s'est toujours battu pour survivre. Jusqu'à ce qu'on s'aperçoive qu'il était doué pour voler. Alors, on l'a utilisé. Pour quelques dollars. Et puis ses chefs ont vu qu'il pouvait aussi être violent. Très violent, même. Une violence efficace. Sobre. Glaçante. Alors il est monté en grade dans les gangs. Pour gagner toujours un peu plus. Aujourd'hui, il vient de franchir une étape. Une telle somme obtenue aussi rapidement, c'était une aubaine qu'il ne fallait pas rater.

La route est parsemée de nids-de-poule, plus profonds les uns que les autres. Les suspensions de la voiture sont mises à rude épreuve, et Blast doit attendre de retrouver une portion bitumée pour pouvoir saisir son téléphone et composer le numéro de son frère. Après quelques secondes, il décroche :

— Sterling ! C'est bon, on a l'argent ! hurle Blast en créole dans son téléphone.

— *Hey !* Bien joué, mon frère ! Bien joué !

Les deux Haïtiens exultent. Se congratulent. Comme des sportifs qui ont franchi la ligne d'arrivée d'une course impossible. Blast tape sur son volant. Il prend conscience de l'énormité du coup qu'il vient de réaliser avec Sterling. Son frère n'en revient pas non plus :

— Le mec à Paris avait dit qu'ils paieraient cher pour la récupérer. Il avait raison. Un million de bucks, mon gars ! Un million !

Blast sent le poids de l'argent sur ses genoux. Sterling interroge :

— Et il s'est passé quoi avec le gars qui connaissait le docteur ?

— Les gamins l'ont flingué. De toute façon, c'est trop tard, elle est certainement déjà partie pour la France.

Tout en conduisant, Blast réalise que leur opération n'est pas encore complètement terminée.

— Sterling, je suis là dans deux heures. Tu m'attends pour la suite, OK ?

— Oui, je t'attends. Pas de problème.

Chapitre 50

— Il vient d'appeler !

Moïse vérifie une seconde fois le numéro de téléphone : c'est bien celui que Blast utilise. Dans l'utilitaire, tout le monde est brusquement sorti de la torpeur chaude et poisseuse de la nuit. Jean se lève péniblement, ankylosé par de trop longues minutes d'immobilité. Il s'approche de l'expert du renseignement :

— Tu es sûr de toi ?

— Oui. C'est son téléphone. Cela étant, je ne peux pas vous garantir que c'est lui qui est au bout, mais il vient d'appeler un autre téléphone qui borne ici, à Jacmel.

— Tu sais où ?

— Je regarde, répond Moïse en pianotant sur son clavier.

Yann, de son côté, observe l'évolution du traceur implanté dans le sac de billets. Il annonce :

— La rançon est toujours sur la RN2. Elle a fait un stop de quelques minutes et elle vient de repartir. Toujours direction Jacmel. Vitesse de cinquante-neuf kilomètres-heure actuellement.

Moïse reprend la main :

— Le téléphone qui a reçu l'appel de Blast est dans une des trois maisons qui se trouvent là.

Avec le doigt, l'Israélien pointe sur l'écran de son ordinateur un plan du quartier Lamandou. Jean a besoin de précision :

— Laquelle des trois ?

— Je ne peux pas savoir exactement. Mais c'est dans une de ces trois-là, c'est certain.

Les maisons ne sont qu'à quelques centaines de mètres du véhicule dans lequel s'entassent les hommes du RAID. L'officier sait que deux possibilités s'offrent à lui : aller sur place dès maintenant pour s'installer et préparer l'intervention, au risque de se faire repérer quand Blast arrive, ou attendre qu'il arrive pour être certain du lieu sur lequel intervenir mais risquer de le perdre dès qu'il entrera dans la maison ou le jardin. Il doit s'appuyer sur l'avis de ses opérateurs.

— Valdo, regarde le plan et dis-moi où tu as besoin de te placer avec ton PGM si on doit taper dans une de ces trois baraques.

Le sniper s'approche de l'ordinateur de Moïse et observe quelques secondes :

— Je ne peux pas couvrir les jardins à l'arrière mais je peux voir les trois façades sur la rue si je me place ici.

Avec le doigt, Valdo indique un jardin en face des maisons. Jean se tourne vers lui :

— Si on te pose maintenant, tu auras le temps de t'installer. Yann, quelle heure d'arrivée pour la balise si elle vient jusqu'ici ?

— Arrivée dans deux heures. Minimum.

Jean réfléchit vite, pèse le pour et le contre. Puis tranche :

— Balise sur place à 3 heures du matin. On a le temps de s'installer. On y va maintenant.

Valdo tape du plat de sa main contre la paroi qui sépare l'habitacle de la cabine pour indiquer au conducteur qu'il peut remettre le moteur en route. Pendant ce temps, l'officier mémorise le plan et enlève son gilet tactique.

— Je monte côté passager pour guider le conducteur. Quand on arrive sur les lieux, on descend en douceur et on se positionne dans le grand jardin en face des maisons. Valdo, tu y trouves ta place avec ton fusil. Les autres, on s'équipe et on se prépare à traverser la rue dès que la balise arrive.

Sans répondre, les opérateurs sont déjà concentrés sur leurs équipements et sur leur matériel. Oscar et Max enfilent leurs casques, tandis que Valdo sort son arme de tireur d'élite du sac de transport. Jean se retourne vers l'expert en renseignement :

— Moïse, tu restes dans le véhicule. Tu peux gérer le traceur ?

— Oui. Je vous préviens par radio quand la balise approche.

Yann lui tend son moniteur, avant d'enfiler à son tour son gilet tactique. Dans le véhicule, l'odeur de l'action a pris le pas sur la chaleur et sur la fatigue. Dans quelques secondes, le groupe sera opérationnel. Il n'y a plus qu'à attendre la cible.

Chapitre 51

Paris.

La fatigue et la douleur sont devenues quotidiennes. Lancinantes. Presque amicales tant elles sont attendues et toujours au rendez-vous. Mais le juge Lombard ne laisse rien paraître, ce n'est pas ce qu'on attend de lui. Encore une fois arrivé aux aurores, c'est ici, au tribunal, qu'il se sent vraiment utile et à sa place.

Il n'y a encore personne à l'étage de l'antiterrorisme. Sur son bureau sont entassés les dossiers qu'on lui a déposés hier soir et sa livraison hebdomadaire de relevés d'écoutes téléphoniques de Milo Louchenko, dans sa prison. Il change de numéro toutes les semaines, avec des cartes SIM vraisemblablement livrées par ses avocats lors des visites. Mais fort heureusement, la plateforme nationale des interceptions judiciaires est efficace. Très efficace. Malgré tout, Pierre-Antoine Lombard soupire :

— Et dire qu'ils ne sont pas censés avoir de téléphone en détention. La bonne blague.

Sur le dossier de la PNIJ, la mention « Relevés des enregistrements des appels du détenu Milo LOUCHENKO – Matricule 83649384 ». Pierre-Antoine Lombard feuillette les quelques pages du document, et commence, comme à son habitude, par les appels de la veille. Le procès-verbal porte la retranscription de la conversation, sans aucune mention ni commentaire.

Bonjour M. Louchenko.

Salut. Où en es-tu ?

Nous avons conclu. Ce sera réglé demain.

Bien. Et pour la suite ?

On fait tout disparaître quand ce sera terminé.

OK. Je compte sur toi, Blast.

Blast. Un nom qui saute aux yeux du juge Lombard. Il l'a déjà entendu. Dans la bouche du commissaire Marc Brama. Il saisit son téléphone et appelle le patron de T7. Après quelques sonneries, une femme décroche.

— Permanence DGSI, que puis-je faire pour vous ?

— Bonjour, ici le juge Lombard. Pouvez-vous me passer le commissaire Brama ?

— Non, malheureusement, le commissaire n'est pas disponible.

— Vous pouvez le joindre sur son portable ?

— Il était sur une opération cette nuit, il doit être en train de dormir et il arrivera un peu tard ce matin.

— Il faut absolument que vous me le passiez.

— Non, malheureusement je ne peux…

— Appelez-le tout de suite ! C'est urgent !

Chapitre 52

Villacoublay.

Le Falcon s'est posé en douceur sur la piste 27 de la base aérienne de Villacoublay. La pluie fine et glacée de la France contraste avec la lourde chaleur de Haïti, et le comité d'accueil qui se dirige vers la porte de l'avion essaye de se protéger tant bien que mal de l'eau et du froid.

Trois militaires et un civil sont au pied du petit escalier qui se déplie et qui ouvre enfin le flanc de l'appareil. À l'intérieur, les opérateurs du RAID laissent descendre leur otage en premier, enfin libre. Elle porte une tenue sombre, visiblement un vêtement apporté pour l'occasion par l'équipe d'exfiltration. Ses cheveux blonds sont attachés en chignon, et elle enfonce son visage tuméfié dans un gros chèche de couleur sable, pour se protéger aussi bien du froid que des regards. L'homme en civil s'approche le premier pour l'accueillir sur le territoire français :

— Bonjour, colonelle. Ravi de vous retrouver saine et sauve.

— Merci. Je ne suis pas mécontente de rentrer au pays.

— Je suis Philippe Gallois, du ministère des Affaires étrangères. On va vous emmener tout de suite aux urgences de l'hôpital Percy. Ils vous attendent.

— Je ne sais pas si j'en ai vraiment besoin. Quelques bleus, cela devrait partir vite. Et j'ai été bien traitée par le médecin à bord.

— C'est la procédure, colonelle. Vous n'en aurez pas pour longtemps si tout va bien.

Résignée, elle monte dans l'un des trois véhicules sombres qui viennent de se rapprocher du Falcon, escortée par Mike et Oran, les deux opérateurs qui ne l'ont pas quittée depuis qu'elle a été libérée par ses ravisseurs.

En quelques secondes, le convoi s'ébranle et se faufile en souplesse entre les véhicules militaires et les avions de l'armée de l'air qui occupent le tarmac. La barrière de la BA107 s'ouvre rapidement pour laisser filer la colonelle Cluzel et son escorte jusqu'à l'hôpital militaire Percy, à quelques kilomètres de là.

Chapitre 53

Jacmel.

Il est presque 3 heures du matin quand la radio se met enfin à crachoter dans les oreillettes des hommes du RAID.

— À tous, de Moïse. La balise est à moins de trois cents mètres de votre position. Je répète : arrivée de la balise sur votre position dans quelques centaines de mètres.

Moïse, au fond de l'utilitaire, a régulièrement tenu informée l'équipe de Jean de la progression du sac et de la rançon. Ils n'ont jamais été aussi près de récupérer l'argent. Déjà, les phares d'un gros SUV se font voir en haut de la route de Lamandou. À part quelques scooters de travailleurs nocturnes, les bruits de moteurs sont rares dans les rues de Jacmel à cette heure avancée de la nuit. Max, placé le plus au nord de la position des opérateurs du RAID, annonce sur les ondes :

— Véhicule clair. SUV. Un homme à bord.

Jean, qui est au plus près de la rue, en face des maisons identifiées par Moïse, donne ses instructions :

— Valdo. Couverture de la rue.

— Reçu, répond le sniper.

Jean poursuit :

— Max, Oscar, si notre gars se gare dans la rue, on le tape tout de suite, dès qu'il est sorti de sa voiture.

— Reçu pour Max.

— Reçu pour Oscar.

La machine du RAID est en place. On sent de la concentration dans les voix des opérateurs. Jean boucle son briefing.

— Yann, tu couvres l'arrière quand on le serre.

— Reçu, répond Yann.

— Je donne le top intervention. Soyez prêts.

Dans l'utilitaire, Moïse est tendu. D'abord parce que l'opération est à deux doigts de se déclencher. Et parce que les SMS laconiques de Nathalie et le silence de Stan ne sont pas habituels. Mais il doit rester concentré : la balise est à quelques mètres des maisons.

Cachés dans les hautes herbes, Jean observe le véhicule s'approcher. Les yeux dans ses jumelles de vision nocturne, il confirme aux autres :

— Un individu à bord. Haïtien. La vingtaine. Corpulent. Tenez-vous prêts.

Le véhicule passe la première maison, puis la seconde. Avant de tourner brusquement et de s'engager dans le jardin, avant la dernière maison. Le SUV s'enfonce profondément dans les broussailles, et seules les lumières rouges de ses feux arrière trahissent sa présence. Jusqu'à ce que le conducteur coupe le contact.

Jean annonce calmement :

— Il est entré dans le jardin. On ne bouge pas.

Toute l'équipe reste tapie dans les broussailles. Les opérateurs sont aux aguets pour tenter d'entendre ce qui se passe derrière ces façades. Pour voir si une lumière indique vers où le conducteur s'est dirigé, dans quelle maison il se trouve désormais. Le silence nocturne a repris le dessus depuis que le moteur du SUV s'est éteint. Le ciel est bleuté, simplement traversé par quelques chauves-souris qui ont terminé leur repas de fruits. Mais aucune ampoule ne s'éclaire pour renseigner les hommes du RAID. Aucun bruit ne fournit d'indice. L'homme qui transporte la rançon est soit dans la seconde maison, soit dans la troisième. Il va falloir improviser.

Chapitre 54

À l'intérieur de la maison décrépie, la nuit enveloppe chaque recoin d'une nappe d'obscurité et de mélancolie. Abandonnée depuis trop longtemps, la baraque n'est même plus bonne à rénover. Elle menace de tomber en ruine depuis le dernier séisme.

Blast a monté les quelques marches sous le perron, à l'arrière de la maison, avant d'entrer, sans bruit, dans ce qui fut jadis le salon. Les murs, striés de fissures crasseuses, reçoivent par moments le reflet de son ombre fugace. Des éclats de plâtre jonchent le sol de bois craquant, chaque pas de Blast résonnant comme un écho dans le vide. Il s'assoit dans un vieux fauteuil pour ouvrir le sac de toile et contempler sa rançon. À l'intérieur, les liasses de billets sont rangées les unes sur les autres.

Blast s'interroge sur le meilleur endroit pour cacher son butin : nombreux sont ceux qui pourraient vous trancher les deux mains pour récupérer une telle somme. En Haïti, avec un million de dollars, vous devenez le roi du monde. Mais il doit encore passer un dernier coup de fil pour clôturer cette affaire. Il saisit son portable et tape un numéro.

— Allo ?

— Bonjour M. Louchenko.

Un silence de quelques secondes s'installe.

— Il est quelle heure, chez toi ? demande Milo.

— Trois heures.

— Tu as récupéré ce que tu voulais ?

— Oui, c'est bon.

— Tu peux tout garder avec ton frère. Vous avez bien travaillé.

— Et pour le reste ?

— Faites le ménage. Maintenant.

— Entendu, M. Louchenko, répond Blast avant de raccrocher.

Sterling, qui a entendu le plancher craquer, vient de remonter de la cave. Il s'approche de son frère sans faire de bruit, comme un fantôme viendrait hanter le vieux salon. Son ton de voix indique qu'il est ému et inquiet à la fois.

— Tu as l'argent ?

— Oui. Regarde, répond Blast en souriant et en ouvrant le sac.

Sterling enlève sa casquette, et se frotte la barbe tel un mineur qui viendrait de découvrir une énorme pépite sous sa pioche. Il rit, comme un grincement sordide, avec ce rire inquiétant et malsain qui faisait trembler Céline.

— Qu'est-ce qu'on fait maintenant ? demande Sterling.

— Il a dit de faire le ménage. Fais ça vite, lâche Blast.

Chapitre 55

Jean a traversé la rue en marchant calmement, à hauteur de la première des trois maisons. Immédiatement suivi pas Oscar, Yann et Max, à quelques secondes d'intervalle. Les hommes progressent sans bruit, comme s'ils ne touchaient pas le sol. Valdo, lui, est resté en position de l'autre côté de la voie, entre la deuxième et la troisième maison. Il est monté sur un petit abri de jardin, quelque peu branlant, mais assez solide pour supporter son poids et celui de son PGM.

Les hommes du RAID doivent se presser car ils ne feront pas illusion longtemps. Si leurs jeans et leurs polos peuvent les faire passer pour des touristes égarés, leurs gilets tactiques, leurs casques, leurs armes et leurs jumelles de vision nocturne ne laisseront aucun doute, même à un Haïtien peu aguerri.

À peine est-il entré dans la pénombre que Jean saisit le SPC qu'il porte en bandoulière. Il baisse son système de vision nocturne sur ses yeux, transformant l'obscurité en un environnement verdâtre. Il peut désormais voir les formes qui se déplacent dans la nuit. Oscar fait de même, formant avec lui le binôme de tête. Dans le dos d'Oscar, accroché à son gilet tactique, son *Entry-Tool* rappelle qu'il est le spécialiste effraction de la petite équipe.

Derrière, à quelques mètres, Yann et Max se positionnent de la même façon en second binôme. Un coup d'œil sur son équipe et Jean annonce, à voix basse à la radio, le début de l'investigation des lieux.

— On y va. Progression vers le jardin, je prends la maison à droite avec Oscar, la maison de gauche pour Max et Yann.

Pas de réponse, bonne réponse. Les deux binômes se mettent en mouvement. Les armes sont braquées vers l'avant, pour gérer tout imprévu. Les opérateurs progressent avec la précision méthodique d'un horloger qui place ses pièces dans un boîtier de montre. Leurs mouvements sont fluides, chorégraphiés, chaque pas démontre le résultat d'un entraînement rigoureux et d'une coordination sans faille.

Jean et Oscar se glissent à travers les ombres vers la maison de droite, aussi silencieux que la brise nocturne qui agite doucement les feuilles des arbustes. Leurs yeux scrutent chaque recoin. La lumière de la lune se fraie un chemin à travers les branches, créant un jeu d'ombres et de lumière qui ajoute à la tension palpable de leur progression.

De l'autre côté du jardin, Yann et Max observent l'autre maison, espérant un signe d'activité, un bruit, une lueur. Tout à coup, quelqu'un à la radio :

— Ici Valdo. Mouvement dans la maison de droite. Un individu seul. Corpulent. Il passe devant les fenêtres dans le noir.

Jean appuie sur son contacteur radio :

— Il observe par la fenêtre ?

— Non. Il se déplace. Pas de signe de nervosité, répond calmement le sniper.

— Il correspond à la corpulence du conducteur de la voiture ?

— Possible. Probable, conclut Valdo.

Il s'agit certainement du ravisseur. Jean tranche :

— Max, Yann, on se concentre sur la maison de droite.

— Reçu, indique Max pour lui et son binôme en opérant un demi-tour.

En quelques secondes, l'équipe est reformée comme des pièces de puzzle qui se mettent en place. Jean, en tête de colonne, entame la progression pour pénétrer dans la maison. Max, l'œil rivé à son viseur, couvre les arrières. L'officier monte les marches qui mènent au perron. D'un signe de la main, il fait passer Oscar en première position, saisit son *Entry-Tool* et le lui tend. Oscar place le pied de biche tactique entre le chambranle et la porte d'entrée, puis hoche la tête pour annoncer qu'il est prêt à casser. Jean lève son bras gauche, poing serré. La colonne est prête à donner l'assaut.

Chapitre 56

Sterling descend l'escalier intérieur qui le mène au soubassement de la maison. Il marche à tâtons. L'obscurité est plus dense qu'au rez-de-chaussée, il n'y a pas de fenêtre pour faire entrer les bribes de lune. Arrivé dans le grand couloir en briques usées, un rai de lumière, au fond, encadre une porte et se diffuse sur le mur d'en face, comme un phare qui guiderait un bateau en perdition.

L'homme actionne le verrou de la porte en bois et entre brusquement dans la pièce. Céline, allongée sur son lit, se réveille en sursaut. Face à elle, Sterling n'arbore plus son sourire narquois et sûr de lui. La lampe vacillante du plafond accentue encore les traits de son visage. Il ne porte plus sa casquette, et la chirurgienne peut voir les muscles de ses mâchoires se crisper. Ce n'est pas bon signe.

Sans prononcer une seule parole, Sterling se jette sur Céline et la saisit à sa gorge. L'homme pèse de tout son poids sur la chirurgienne, qui sent son corps s'enfoncer dans le matelas. Les mains de son agresseur sont immenses, et la sensation d'avoir la tête prise dans une presse est immédiate. Brutale. Céline tente de crier mais sa gorge est trop serrée, aucun son ne peut sortir pour appeler à l'aide. Elle tente de le repousser en posant les mains sur son visage, mais elle ne trouve aucune prise. Elle essaye d'inspirer, plus rien ne pénètre dans ses poumons. Un voile noir commence à tomber sur ses yeux, comme pour tirer le rideau une dernière fois.

Les cheveux courts de Sterling n'offrent aucune accroche, et la main de Céline glisse sur son crâne à cause de la transpiration. Elle finit par trouver une oreille. Elle la serre de toutes ses forces et tire brutalement, comme on découpe d'un geste sec une feuille de papier pliée en deux. Sterling hurle. Il se redresse comme un diable qui sort de sa boîte et porte sa main à sa tête. Le sang gicle sur le visage de Céline, qui sent l'emprise sur sa gorge se relâcher immédiatement.

Sterling s'est relevé, il crie. De colère. De douleur. Céline ne peut pas rater cette occasion : elle se lève de son lit d'un seul mouvement. Les souffrances de son corps n'existent plus. Elle fait désormais face à son agresseur, la rage qui l'anime décuple ses forces. La proie est devenue le prédateur. Elle s'approche de Sterling et lui porte un coup de pied frontal, au niveau du bassin. L'homme est projeté en arrière, cassé en deux. Il se redresse tant bien que mal, tandis que Céline fonce vers lui pour le propulser contre le mur en briques. Sous la force du choc, Sterling empale sa nuque sur le manche de cuillère que Céline avait coincé entre deux briques.

Pas assez pour le neutraliser. L'homme ne comprend pas ce qui se passe. Il s'écarte du mur, et porte sa main droite derrière sa tête. Il la retire pleine de sang. Le ravisseur redouble de fureur, et se jette sur Céline les mains en avant pour la saisir. La chirurgienne esquive l'attaque et fait tomber Sterling sur le sol, à la manière d'un judoka en compétition. Elle ne sent plus aucune douleur, n'éprouve plus aucune pitié. C'est l'heure des comptes, et aujourd'hui, la maison ne fait pas crédit.

Céline enfourche l'homme et place ses deux mains de chaque côté de sa tête. Sterling essaye de la repousser mais Céline pèse de tout son poids. En une fraction de seconde, la chirurgienne pose ses deux pouces sur les yeux de l'Haïtien et les enfonce de toute leur longueur dans ses orbites. Elle sent ses doigts écarter les globes oculaires et pénétrer le cerveau de Sterling, comme s'ils s'enfonçaient dans un yaourt crémeux. L'homme ne crie plus. Sa bouche est ouverte. Ses lèvres tremblent, comme si des mots sortaient sans que personne ne les entende. Ses jambes s'agitent frénétiquement, réflexe morbide du corps qui veut s'enfuir mais qui n'y parvient pas. Le sang commence à remplir les trous béants de ses orbites, désormais vides, avant de s'écouler de chaque côté du visage de Sterling, comme de lugubres larmes rouges.

Chapitre 57

Le cri n'est pas celui qu'il attendait. Blast s'est figé en reconnaissant la voix de son frère. Le hurlement de Sterling n'était pas un cri de joie.

Blast saisit le Colt M1911 qu'il avait posé sur une petite table et fonce vers l'escalier en colimaçon qui descend à la cave. Ses pas écrasent le parquet abîmé et sonnent comme une charge de cavalerie. À peine est-il sorti du grand salon abandonné que la porte d'entrée s'ouvre dans un craquement de bois. Oscar s'est écarté sur la droite pour laisser passer Jean et son équipe. Les lampes tactiques arrosent l'intérieur de la maison de halos blanchâtres. L'un d'eux surprend Blast en train de courir vers le fond de la maison. Sans hésiter, le ravisseur tire en direction de la lumière, et touche Jean à la cuisse. Derrière lui, Max ouvre le feu sur le tireur. Blast reçoit la balle de 9 mm dans l'épaule gauche. Sans tressaillir, le voyou haïtien riposte, sa munition de calibre 45 vient s'écraser sur un des montants de la porte d'entrée, faisant voler en éclats les restes d'une moulure délabrée.

Jean sent à peine la douleur de sa jambe blessée. Il tire à son tour, manquant de peu la tête de Blast, qui se retourne pour foncer vers l'escalier du fond. L'agresseur est de dos, ce n'est plus un tir de police : aucun des opérateurs n'engage le feu, laissant Blast descendre vers la cave. Son épaule brûle, il ne sent plus sa main gauche, et son bras refuse de lui obéir. L'escalier qui mène au soubassement est franchi en deux secondes. Blast doit retrouver Sterling, le prévenir qu'ils sont attaqués. Certainement par des concurrents qui en veulent à leur argent. Ou c'est Milo Louchenko qui n'a pas confiance et qui envoie ses tueurs. Quoi qu'il en soit, il faut filer. Tout de suite.

Au rez-de-chaussée, Jean et Oscar ont foncé vers l'escalier, tandis que Max et Yann ont fait demi-tour pour ressortir et faire le tour de la maison : il doit bien y avoir une sortie que le ravisseur va essayer d'emprunter. À l'intérieur, l'officier ouvre l'angle de l'escalier qui descend en tournant, mettant un coup de lampe furtif pour voir si personne ne les attend avec une arme à la main. Le colimaçon est vide. Jean descend, son fusil d'assaut dirigé vers le danger. Derrière lui, Oscar le couvre avec son Glock 19 placé au-dessus de l'épaule de son binôme.

Dans le soubassement, Blast remonte le couloir jusqu'à la cellule de Céline, ouverte. À l'intérieur, il tombe sur le corps de Sterling, couché sur le dos, et le visage couvert de sang. L'Haïtien ne parvient pas à réaliser. Son cerveau refuse la réalité. Sans vraiment comprendre pourquoi, Blast hurle. Son cri emplit le couloir humide, amplifié par l'écho du son qui rebondit sur les murs. Au bout, Jean est arrivé au pied de l'escalier. Blast se retourne et tire au jugé vers le bruit qu'il vient d'entendre. Deux balles ricochent sur les murs de briques, quelques éclats viennent se loger dans le casque de l'officier du RAID. Avant que les policiers ne puissent riposter, Blast s'est mis à courir dans le couloir sombre, brièvement éclairé par la lampe de la cellule de Céline.

Le ravisseur fait irruption dans le jardin. Il regarde vers la droite, puis la gauche, avant d'apercevoir Céline qui tente de s'enfuir.

— Salope ! Je vais te crever !

La fuyarde s'est retournée, interpellée par la menace qu'elle vient d'entendre. Elle trébuche sur une branche tombée au sol. En quelques pas, Blast rattrape la chirurgienne et la tire par les cheveux pour la forcer à se relever. Il la saisit par le cou, en la plaçant devant elle comme un bouclier. Derrière eux, Maxence et Yann arrivent dans le jardin. Max crie en direction du ravisseur :

— Police ! Jette ton arme !

Dans le même temps, Jean passe la porte de la cave qui débouche sur le jardin en boitant, suivi comme son ombre par Oscar. Les deux policiers se placent devant Blast et Céline, Jean hurle à son tour :

— Police ! Pose ton arme ! Lâche la femme !

Blast place son Colt 45 sur la tempe de Céline. Il regarde Max et Yann sur sa droite, puis Jean et Oscar sur sa gauche. Sa tête va d'un binôme à l'autre, comme une girouette qui ne sait plus d'où vient le vent. Sa main se crispe sur l'arme, tandis que Céline éclate en sanglots. Blast crie en direction des policiers du RAID :

— Vous êtes qui ? Putain ! Vous êtes qui ?

Le doigt de Blast appuie lentement sur la détente. Une détonation éclate, et le sang gicle sur le visage de Céline. La main de Blast se relâche, jusqu'à ce que son arme tombe au sol. De l'autre côté de la rue, Valdo vient de tirer une balle de 7,62 à travers les deux fenêtres du salon, pour traverser la maison de part en part et venir se loger dans le cervelet de Blast. Céline n'a pas encore réalisé ce qui vient de se passer quand le corps de son ravisseur s'écrase mollement sur le sol. Ses jambes se sont repliées sur elles-mêmes, comme celles d'une marionnette dont on a relâché les fils pour la remettre dans sa boîte. Par chance, Valdo connaît aussi bien l'anatomie du cerveau que la chirurgienne. Et son bistouri à lui ne fait pas de cadeau.

Jean vient en couverture de la chirurgienne, en l'enveloppant dans ses bras et en l'emmenant loin du corps de Blast. Après quelques pas, au coin de la maison, il se place face à elle :

— Qui êtes-vous ? Quel est votre nom ?

— Je m'appelle Céline Cluzel.

L'officier est incrédule. Il observe le visage de la femme qui sanglote sans pouvoir retenir ses larmes. Sans commenter, il annonce à la radio :

— À tous ! On a l'otage ! On décroche. Moïse, fais amener le camion devant la troisième maison.

Dans l'utilitaire, l'Israélien n'a pas compris le message. Il demande une confirmation :

— On arrive. Mais c'est qui, l'otage ?

— Le Dr Cluzel. Elle est avec nous.

Pendant qu'il parle, Jean s'appuie sur l'épaule de Yann. Sa jambe commence à trembler, et sa blessure le lance de plus en plus. Il claudique jusqu'à la rue, au moment où l'utilitaire se gare sans ménagement derrière le SUV qui avait amené Blast jusque-là.

Moïse ouvre la porte arrière et aide Céline à monter dans le véhicule sans vraiment comprendre ce qui se passe. Elle est immédiatement suivie par les quatre opérateurs du RAID qui s'engouffrent comme ils le peuvent dans l'habitacle exigu. Valdo, qui a traversé la rue, termine la marche et s'apprête à fermer la porte quand une voix se fait entendre :

— On a récupéré la rançon ? Quelqu'un a pris le sac ?

Face à l'urgence de la situation et à la surprise d'avoir retrouvé l'otage qu'ils croyaient libérée, plus personne n'a pensé à l'argent. Il ne faudra qu'une minute à Oscar et à Max, revenus dans la maison, pour retrouver le sac de toile à côté d'un vieux fauteuil dans le salon. Le véhicule redémarre enfin en trombe, direction Port-au-Prince.

Chapitre 58

Clamart.

— Colonelle, voici votre badge. Nous vous avons fait un accès à tous les locaux de Percy. Hormis dans le bureau du médecin chef de l'hôpital, vous pouvez aller partout.

Taya respire. Elle cache sa satisfaction. Le capitaine qui s'occupe de l'admission de la colonelle Cluzel ne la connaît pas personnellement. Depuis qu'elle est arrivée ce matin, Taya a été accueillie comme si elle était Céline Cluzel. Sa ressemblance avec la chirurgienne est frappante, elle a été choisie pour cela. Aussi parce qu'elle est une des meilleures tueuses de Milo. Les ecchymoses qu'on lui a faites à coups de poing masquent bien les traits de sa physionomie qui pourraient ne pas coller avec ceux de la chirurgienne dont elle a pris la place. Et on ne s'attarde pas sur le visage d'une femme couverte de bleus. Question de pudeur. Mais Taya sait qu'elle ne ferait pas illusion longtemps face à quelqu'un qui connaît bien Céline Cluzel ou qui lui poserait des questions techniques. Alors, il ne faut pas traîner.

— Merci, capitaine. Merci aussi pour l'uniforme, je ne me voyais pas rester toute la journée en survêtement. Même du RAID.

— Je vous en prie, colonelle.

— J'aimerais profiter d'être là pour aller voir ma patiente, Elena Orasca.

— Elle a fait un arrêt cardiaque il y a deux jours, elle est en soins intensifs et sous protection, comme vous le savez. Je ne suis pas certain que ce soit une bonne idée que vous alliez la voir aujourd'hui.

Elle est donc bien là. Milo avait raison. Il ne pouvait s'agir que de l'hôpital Percy. La colonelle Cluzel dirige le service de neurologie du Val-de-Grâce, cela aurait été dangereux de garder Elena Orasca là-bas. Trop prévisible. Et Bégin ne dispose pas des équipements nécessaires à l'opération de la dernière chance. Alors, le meilleur endroit pour la protéger tout en la maintenant en soins intensifs ne pouvait être que Percy. Taya insiste :

— Capitaine, je suis inquiète. Je n'ai pas de nouvelles depuis plus d'une semaine, et j'aimerais vraiment la voir. Ne serait-ce que pour me rassurer. Vous êtes médecin comme moi, vous savez ce que je veux dire.

Le capitaine esquisse un sourire. L'intérêt du médecin pour son patient.

— *Primum non nocere.* Je vais prévenir le service que vous allez monter la voir, confirme le capitaine en prenant son téléphone.

À cette heure de la matinée, les salles d'attente et les couloirs sont remplis de militaires qui viennent consulter. Passer inaperçue ne sera pas difficile, surtout avec sa tenue militaire et ses galons de colonel. Mais elle doit d'abord savoir où aller. La colonelle Cluzel est déjà venue ici, demander où se trouvent les soins intensifs ne serait pas congruent. Taya jette un coup d'œil sur le plan affiché dans le hall. Soins intensifs : quatrième étage. Un ascenseur en piteux état amène les patients d'un service à l'autre. Mais Taya préfère prendre l'escalier. Moins de risque de croiser quelqu'un qui pourrait la connaître.

Tout de suite après la sortie de l'ascenseur du quatrième, un bureau d'accueil filtre et oriente les patients. Taya se dirige d'un pas décidé vers la militaire qui pianote sur son ordinateur. Elle a passé deux semaines à apprendre les grades de l'armée française. Elle ne doit pas se tromper.

— Bonjour adjudant-chef.

— Bonjour colonelle.

— Je viens voir ma patiente. On a dû vous appeler.

— Oui, le capitaine Giraud vient de nous appeler. Je vous accompagne, elle est en zone de sécurité renforcée. Votre badge ne vous y donne pas accès mais je vais vous ouvrir.

La militaire se lève de son siège pour accompagner Taya vers la zone de haute sécurité des soins intensifs. Dans un moment, Milo aura atteint son objectif.

— Quelques minutes seulement, colonelle, la patiente a subi une intervention importante il y a deux jours, elle est encore très faible.

— Pas de problème, adjudant-chef, je n'en ai pas pour longtemps.

Chapitre 59

Port-au-Prince.

Le plafond est lézardé et les fissures forment des nervures étranges, comme une décoration Art déco oubliée depuis des années. La lumière est tamisée, un peu orangée, des rais du soleil en train de se lever entrent discrètement par une fenêtre. Les sons résonnent, comme dans le hall d'une gare. Au fil des secondes qui passent, ils deviennent de plus en plus clairs. De plus en plus audibles. Et les voix sont enfin reconnaissables. C'est celle de Nathalie qui couvre toutes les autres.

— Salut Stan.

— Salut Nath, bredouille le négociateur. Quelle heure est-il ?

— Il est presque 6 heures. Le docteur Lindmann t'a opéré cette nuit.

— Et alors ? Il a réussi à enlever mes poignées d'amour, comme prévu ?

Nathalie s'esclaffe.

— Non, je lui ai demandé de ne pas y toucher. En revanche, il t'a fait une belle cicatrice. Cela en fera une de plus pour ta collection.

Stan est encore pris par la torpeur de l'anesthésie, mais il parvient à sourire. Derrière Nathalie, le docteur Lindmann montre sa tête. Le médecin s'approche :

— Ça va, vous vous sentez bien ?

— Ça va, répond sobrement le négociateur.

— Vous avez eu de la chance. Il n'y a pas de lésion importante. Vous allez vous remettre vite.

— Merci, doc.

Il y a une femme derrière Paul Lindmann. Son visage n'est pas inconnu. Elle est à quelques mètres, Stan ne voit pas bien ses traits. Mais sa voix confirme à Stan qui elle est :

— Bonjour, dit-elle en s'approchant.

— Bonjour Céline, répond le négociateur. Je vois que le ravisseur a tenu sa promesse.

— Pas vraiment, coupe Nathalie.

Stan sort peu à peu de la léthargie dans laquelle on l'a plongé mais il a du mal à comprendre.

— Qu'est-ce que tu veux dire par là ?

— L'otage remis à l'équipe d'exfiltration n'est pas le bon.

C'est la voix de Jean qu'on entend, à droite de Stan. Il est allongé sur un des lits de la salle de réveil, avec un bandage sur la cuisse.

— C'est grave ? s'inquiète le négociateur en montrant maladroitement du doigt le pansement sur l'officier.

— Non, une balle de 45 qui a effleuré ma cuisse. J'en verrai d'autres.

— Ça sent la médaille, ironise Stan.

Jean ricane :

— Jaloux !

— C'est quoi, cette histoire d'otage ? demande le négociateur.

— On a suivi le sac avec la rançon jusqu'à une maison de Jacmel. On y a trouvé le Dr Cluzel.

— Et qui est la personne qui a été remise à sa place à l'équipe d'exfiltration ?

— Aucune idée. On a appelé le RAID tout à l'heure pour les prévenir dès qu'on a compris. Mais l'avion avait déjà atterri à Villacoublay et la fausse Dr Cluzel transférée à Percy.

Le cerveau de Stan se remet à fonctionner à vitesse normale. Il engrène les informations, cherche les hypothèses, et interroge tout haut :

— Quel est l'intérêt de remplacer le Dr Cluzel ?

— Elena Orasca, intervient Céline. Je suis la seule à pouvoir l'approcher sans éveiller les soupçons. Tu sais qui est Milo Louchenko ?

— Oui, confirme Stan. Et ne me dis pas que Elena Orasca est hospitalisée à Percy ?

— Si. Elle y est placée sous protection.

— Si c'est Louchenko qui a organisé tout cela, une simple protection ne suffira pas.

Stan tente de se redresser mais une douleur dans son dos le rappelle à l'ordre. Il comprend enfin pourquoi on l'a poignardé :

— Le gamin à qui j'ai remis l'argent m'a demandé si je connaissais bien Céline. Quand j'ai répondu oui, il m'a tiré dessus. Ils ont dû craindre que je puisse voir que la personne qui a remplacé Céline n'était pas elle.

— Et cela explique pourquoi ils ont libéré aussi vite le faux otage à l'aéroport de Jacmel. Il savait que nous enverrions un avion dès qu'il t'a dit que cela se passerait là-bas.

— Si c'est ça, c'est un pari risqué pour Louchenko.

— Oui mais si cela marche, il pourra éliminer le seul témoin qui le maintient en prison.

Jean se redresse pour s'asseoir sur le bord de son lit, non sans faire une grimace de douleur.

— Vous avez prévenu la DGSI ? lui demande Stan.

— Jean a appelé le RAID, ils ont fait suivre à la DGSI, répond Nathalie.

— Et ?

— On n'a pas de nouvelles, tranche Jean.

Nathalie s'assoit sur le bord du lit de Stan, et pose sa main sur le front de son patron.

— Bon, il faut que tu dormes un peu. On nous envoie un avion en début d'après-midi, le docteur Lindmann t'autorise à sortir pour rentrer en France.

— Parce que tu penses que j'ai besoin d'une autorisation pour rentrer chez moi ?

La psychologue soupire. Stan est incorrigible. Elle s'approche de lui et pose délicatement ses lèvres sur sa joue. Longuement. Comme une amie affectueuse. Comme une amie qui abdique. Comme une amie qui a compris qu'il ne se passerait rien d'autre avec Stan.

Chapitre 60

— Capitaine Giraud, à qui ai-je l'honneur ?

— C'est le général Des Essarts. La colonelle Cluzel est toujours avec vous ?

— Mes respects, mon général. Non, la colonelle est partie il y a une bonne demi-heure.

— Où est-elle ?

— Elle voulait aller visiter sa patiente aux soins intensifs.

— Appelez le service immédiatement ! Ce n'est pas la colonelle Cluzel. Il faut la bloquer, je vous envoie une équipe d'intervention tout de suite.

Quand le médecin chef de Percy vous appelle directement, c'est qu'il se passe quelque chose d'important. Et là, visiblement, c'est très important. Le capitaine saisit son téléphone et appelle le quatrième étage. Pas de réponse. Le sous-officier de permanence doit être dans les couloirs.

Le capitaine sort de son bureau comme un diable sort de sa boîte et fonce vers l'aile de l'hôpital qui abrite les soins intensifs.

— Poussez-vous ! Poussez-vous !

Il est presque 12 h 30, tout le monde part déjeuner, et les couloirs sont encombrés. Arrivé dans le hall, il grimpe les marches quatre à quatre vers l'étage des soins intensifs, en espérant qu'il ne soit pas trop tard.

Chapitre 61

Clamart.

On dirait que le moral est revenu. Elena s'est réveillée de bonne humeur, ce matin. Si tant est que l'on puisse qualifier ce qu'elle ressent de bonne humeur. Mais elle n'a plus envie de mourir, et c'est déjà une très bonne chose. Avoir retrouvé quelques sensations au bout de ses doigts lui a donné la force de ne pas lâcher.

Il y a eu de l'agitation autour d'elle, ce matin. Les infirmières. Elle sait que l'on s'occupe d'elle, et cela nourrit d'autant plus la seconde raison qui la fait tenir : envoyer Milo derrière les barreaux jusqu'à la fin de ses jours. Cette phrase est la dernière qu'elle a entendue : « Avec le bon souvenir de Milo ». Elle la hante. L'obsède. La fait pleurer. La garde en vie.

Elena imagine son ex-mari dans sa cellule. À tourner en rond. À la maudire. À crier les insultes qui remplissent sa bouche chaque fois qu'il n'est pas content. Lui, habitué à ce que tout le monde lui obéisse au doigt et à l'œil, à vivre dans le luxe, à n'avoir que le meilleur de ce qui se fait. Enfermé entre quatre murs. À cause d'elle. C'est une jubilation qui n'a pas de prix. Sinon celui qu'elle paie en ce moment, enfermée dans son corps.

Tiens, on s'agite dans sa chambre. On dirait que quelqu'un vient d'entrer.

Chapitre 62

— Voilà, colonelle. C'est là. Je vous laisse.
— Merci, adjudant-chef.

La militaire a fait demi-tour pour retourner dans les couloirs. À sa place derrière son ordinateur. Les deux femmes ont passé trois portes sécurisées et de longs corridors pour parvenir jusque-là. Taya n'aurait jamais pu trouver la chambre d'Elena Orasca toute seule, ni passer les contrôles. Grâce à l'adjudant-chef, elle est à quelques mètres de son objectif.

Taya entre dans la chambre. Aucune mention, aucun nom n'est inscrit nulle part. C'est une garantie de sécurité pour le témoin. Sur un grand lit blanc, la femme est allongée. Aucun geste, aucun mouvement ne trahit sa présence, si ce n'est la forme de son corps sous les draps. Elle est dans le coma, comme Milo l'avait dit. À sa droite, un moniteur égraine les bips. Des informations de suivi s'affichent en couleurs vives, contrastant avec la pâleur lugubre de la pièce. Le visage de la femme est recouvert de bandages, seul un de ses yeux est visible au milieu des tuyaux de plastique.

Il faut faire vite. Sans perdre de temps, Taya saisit un des coussins sous la tête de sa prochaine victime et l'écrase sur son visage. Elle appuie de tout son poids, puis à la façon d'un ostéopathe qui vous remet les os en place, elle appuie d'un coup sec. Un craquement. La nuque vient de céder. C'est la mort assurée. Garantie sur facture.

Taya perçoit des bruits dans le couloir. Visiblement, sa couverture n'a pas tenu longtemps. Elle jette le coussin par terre et repasse la porte de la chambre pour filer d'un pas rapide dans la direction opposée. Par chance, les portes de sécurité ne le sont que dans le sens de l'entrée et pas de la sortie. Paradoxal : personne ne peut pénétrer les lieux sous contrôle mais tout le monde peut s'échapper sans problème. En quelques dizaines d'enjambées, Taya arrive dans un hall d'étage. Elle prend l'escalier au pas de course, avant de sortir dans le grand hall du rez-de-chaussée. Elle arrache son galon de colonel, et marche comme si de rien n'était. Quelques patients qui ne sont pas encore allés déjeuner traînent dans l'immense couloir. Taya sort de l'une de ses poches le téléphone qu'elle cache dans ses sous-vêtements depuis Haïti. Elle compose le numéro qu'elle a appris par cœur. Celui de Milo. Elle tape un message sur Telegram :

C'est fait. Je disparais.

Chapitre 63

Port-au-Prince.

Le soleil de midi chauffe le tarmac de l'aéroport de la capitale haïtienne, accentuant les contrastes entre les ombres profondes et les zones inondées de lumière. La chaleur est presque tangible, ondulant dans l'air, créant une atmosphère de moiteur qui enveloppe tout.

Les avions alignés semblent être des mirages, tremblotant sous l'effet de la température du sol. Les carlingues métalliques scintillent au soleil. Les techniciens et le personnel de l'aéroport se déplacent en alliant nonchalance et efficacité méthodique. Malgré la chaleur accablante, leurs gestes trahissent une familiarité avec ces conditions extrêmes.

Autour du tarmac, l'horizon est flou, comme si la chaleur avait estompé les limites entre le ciel et la terre. L'air chargé de l'odeur du kérosène se mêle aux parfums lointains de la mer, rappelant la proximité de l'océan.

Tandis que Yann, Max et Valdo rassemblent leur matériel tactique, Moïse et Nath terminent de vérifier leurs bagages avant de les confier au personnel de vol du CASA CN-235 de l'armée de l'air. Déjà assis à l'intérieur, Stan et Jean, les deux blessés de l'opération, font un débriefing improvisé.

— J'ai l'impression d'avoir été le jouet de Milo Louchenko. Et ça m'énerve, lâche le négociateur.

— Ouais. Je ne connais pas le fond du dossier, mais ton Milo est un malin, répond Jean.

— Organiser un kidnapping pour faire un échange d'otages, je n'avais encore jamais vu ça. Tu as eu un retour du RAID ?

— Non. Ils ont prévenu l'hôpital Percy. Je n'en sais pas plus. Et toi, des nouvelles de la DGSI ?

— Non plus. Mon contact là-bas ne répond pas. On en saura plus en atterrissant en France. Du moins je l'espère.

Le bruit des moteurs des avions qui vont et qui viennent autour du CASA, mélange de bourdonnements aussi variés qu'agaçants, crée une bande sonore constante qui oblige les deux hommes à parler fort. Jean prolonge malgré tout la discussion.

— Si tu veux te débarrasser d'un témoin que l'on te cache, prend la place de la seule personne qui peut y avoir accès. Et le tour est joué.

— On lui a servi cette personne sur un plateau. Je comprends mieux pourquoi Blast ne voulait pas démordre de son million. Il savait qu'on paierait, quoi qu'il arrive.

— Un débutant plutôt doué, conclut Jean.

Aux pieds de Stan, son sac à dos se met à bouger. Un drôle de bruit en sort. Jean sourit :

— Tu crois qu'on ne t'a pas vu ?

— Quoi ?

— Le chat. Snow. Il est dans ton sac.

— Quoi ? Quel chat ? répond Stan en jouant la surprise.

Jean se penche vers le sac pour l'entrouvrir. Une tête noire apparaît, et lâche un miaulement d'agacement. L'officier du RAID prolonge le jeu :

— Maintenant qu'il est là, ce serait dommage de le laisser ici, non ? demande Stan.

— Oui. Tu vas devoir le ramener chez toi. C'est bête, lâche Jean avant de se lever en boitant pour aller vers le poste de pilotage.

Céline apparaît à la porte de l'avion. Elle entre dans la carlingue, et se dirige vers Stan, qui fait mine de ne pas sentir la douleur qui lui perce le flanc. La chirurgienne s'assoit à côté de lui, sur les sièges alignés le long de la carlingue :

— Chaque fois que l'on se voit, tu es allongé sur une table d'opération.

— Ce n'est pas bon signe, répond le négociateur en souriant.

— J'aurais préféré que l'on se retrouve dans d'autres circonstances.

— La dernière fois, c'était autour d'un verre à Paris, il y a bien longtemps.

— C'est vrai. Tu as regretté que l'on n'ait pas donné suite ? interroge Céline.

— Je ne regrette jamais rien. Et toi ? demande Stan.

Céline ne répond pas. Elle regarde devant elle. Et se retourne vers le négociateur :

— Ton dos, ça va ?

— Je vais m'en sortir. Le docteur Lindmann a fait du bon boulot.

— C'est un super chirurgien.

— Comme toi. Je marche grâce à toi, je ne l'ai pas oublié.

— Disons que nous sommes quittes, alors.

Stan et Céline croisent leurs regards. Ils se sourient, tendrement, comme deux amis qui ne se sont pas vus depuis longtemps. Il aurait certainement pu se passer quelque chose d'extraordinaire entre eux. Mais c'était il y a longtemps. Le temps a fait son œuvre. La vie aussi.

Un homme monte à bord du CASA. C'est Davidson.

— Je suis venu vous saluer avant que vous ne quittiez notre petit coin de paradis.

— Franchement, répond Stan, je te laisse ton paradis.

— Ne dis pas ça, mon ami, tu adores venir ici pour tester tes compétences de négociateur, répond le policier haïtien en riant.

Jean, qui sort du poste de pilotage, s'est rapproché du petit groupe, tandis que le reste de l'équipe d'opérateurs passe la porte avec leurs sacs à la main. Il s'adresse à Davidson :

— On t'a laissé deux corps à Jacmel, dans le jardin d'une jolie maison. Moïse va te donner les coordonnées. Tu peux faire le ménage ?

— Encore deux victimes de la guerre des gangs, soupire l'Haïtien.

Davidson sourit, avant de se retourner vers Jean :

— Tu vois, je vous avais dit que c'était bien mieux de le faire vous-mêmes.

Chapitre 64

Paris. Avril 2025

Déjà plusieurs semaines se sont écoulées depuis la fin de la mission en Haïti. Les rues du XVIIe arrondissement, jadis assoupies sous le froid hivernal, s'éveillent doucement à l'approche d'un printemps précoce. Les terrasses des bistrots, témoins de la vie parisienne, se remettent à accueillir les travailleurs matinaux autour de leur café-croissant.

Depuis la fenêtre de son bureau au vingt-huitième étage du tribunal de Paris, Pierre-Antoine Lombard s'apprête à vivre une journée compliquée. Il doit recevoir Milo Louchenko, qui sollicite encore sa remise en liberté. Cette fois-ci, le juge devra trancher définitivement, et il le sait.

La greffière principale du juge ouvre la porte après avoir rapidement frappé :

— M. le juge. On nous annonce que l'escorte du RAID entre dans l'ascenseur avec M. Louchenko.

— Son avocat est arrivé ?

— Il est déjà là.

— Bien, faites entrer le prévenu quand il arrive à l'étage, et dites à Maître Pisani qu'il peut venir dès à présent.

— Bien, M. le juge.

L'avocat, vêtu de sa toge, pénètre dans le bureau, son cartable à la main. Les deux hommes se saluent sobrement :

— Bonjour M. le juge.

— Bonjour Maître.

— Alors, votre client veut sortir ? demande ironiquement Pierre-Antoine Lombard.

— Le décès de votre dernier témoin vide le dossier. Vous le savez. Vous allez devoir vous résoudre à le libérer.

— Cela n'a pas l'air de vous réjouir, Maître.

Dominique Pisani soupire. Une expiration profonde qui balance entre l'usure et le soulagement.

— Ce dossier est certainement le pire que j'ai eu à traiter dans ma carrière. J'ai hâte que tout cela soit terminé.

Maître Pisani est tendu. Stressé. Il parle vite. La greffière interrompt leur dialogue en entrant de nouveau dans le bureau, suivie par un policier du RAID et par le prévenu.

— Bonjour messieurs. Nous allons laisser ses menottes à M. Louchenko, aujourd'hui.

— Eh bien, M. le juge, on dirait que je vous fais peur ? ironise le Franco-Russe sans même dire bonjour.

Sans répondre, Pierre-Antoine Lombard s'assoit derrière son bureau. Il prend son temps, tout en masquant la douleur qui lui tord le ventre. Manifester une quelconque souffrance ne serait que donner du plaisir au prévenu. Et il n'est pas question de lui faire ce cadeau.

Face à lui, Louchenko porte un costume bleu et une chemise blanche impeccables. Parfaitement ajustés.

Comme s'il sortait de chez son tailleur. Seules les menottes à ses poignets le contraignent à garder les bras serrés. S'il ne les portait pas, il se serait certainement installé dans le fauteuil comme un homme d'affaires qui a remporté un contrat et qui attend une coupe de champagne.

Le juge remercie l'escorte du RAID d'un signe de tête et s'avance vers son bureau, posant les mains à plat avant de s'adresser à maître Pisani :

— Maître, vous avez demandé la remise en liberté de votre client suite au décès de Mme Elena Orasca, est-ce bien exact ?

— C'est exact, monsieur le juge.

— M. Louchenko, vous confirmez ?

— Absolument, lâche le Franco-Russe en souriant.

Le magistrat recule dans son fauteuil, en prenant son temps. Avant de se rapprocher une nouvelle fois de son bureau :

— Connaissez-vous Mme Sakarova, M. Louchenko ?

— Cela ne me dit rien, lâche le prévenu.

— Hum. Étrange.

Pierre-Antoine Lombard frotte son menton, à la manière d'un acteur qui réfléchit et qui laisse le silence remplir la pièce pour donner plus d'emphase à la réplique qu'il va prononcer.

— C'est étrange que cela ne vous dise rien, M. Louchenko, parce que Mme Taya Sakarova, elle, vous connaît très bien.

— Je ne comprends pas où vous voulez en venir, interroge Maître Pisani, visiblement surpris de l'attitude du juge. Nous sommes là pour une demande de remise en liberté, pas pour un interrogatoire.

Satisfait, le juge poursuit :

— Deux heures.
— Pardon ? interroge l'avocat.
Lombard se retourne vers le prévenu :
— Savez-vous ce que l'on peut faire en deux heures, M. Louchenko ?
Le mis en cause reste interloqué par la question. Son avocat également. Le juge continue :
— Nous n'avons eu que deux heures entre le moment où nous avons compris que vous aviez organisé l'enlèvement du Dr Cluzel et l'arrivée de votre tueuse dans le service des soins intensifs de Percy. Simplement deux heures.
Le silence des hommes assis en face du grand bureau du juge en dit long sur l'effet du pavé que Pierre-Antoine Lombard vient de jeter dans la mare de Louchenko.
Tout en parlant, le juge tourne lentement l'écran de son ordinateur vers les deux hommes. Sur l'écran, en visioconférence, on peut voir ce qui ressemble à une chambre d'hôpital. Le juge hausse le ton de sa voix, pour bien se faire entendre :
— Mme Elena Orasca, vous nous entendez ?
Sur le lit, derrière l'écran, une femme mince, un pansement sur l'œil droit, répond avec une voix fluette :
— Oui, monsieur le juge. Je vous entends.
Face à l'écran, Milo Louchenko se décompose. Son avocat regarde le juge, puis l'écran, sans vraiment comprendre ce qui se passe. Le magistrat poursuit :
— La meilleure façon de protéger mon témoin, c'était finalement de vous laisser croire qu'elle était morte. Nous avons eu juste le temps de faire monter de la morgue de l'hôpital Percy le cadavre d'une femme qui avait fait don de son corps à la science. Disons qu'elle aura

finalement fait don de son corps à la justice. Les médecins de Percy ont bandé son visage, et votre tueuse, Mme Taya Sakarova, n'a tué qu'une femme qui était déjà morte. Est-ce bien un meurtre, alors ? termine le juge en souriant.

Le prévenu recule dans son siège, en secouant la tête de gauche à droite. Le juge enfonce le clou :

— Mme Sakarova est vraiment douée. Quand elle a été interpellée à la sortie de l'hôpital Percy, elle a failli convaincre les policiers de la DGSI qu'elle n'avait rien à voir dans tout cela. Mais devant les faits, elle s'est rapidement rendue à la raison. Elle a aussi très vite compris son intérêt à collaborer. C'est-à-dire à témoigner contre vous.

— Qu'est-ce que c'est que cette histoire de fous ? demande Louchenko.

— Votre idée de substitution de personnes était brillante. Nous l'avons juste utilisée contre vous. D'ailleurs, toutes mes félicitations, la ressemblance entre Taya Sakarova et Céline Cluzel est frappante. Je pense que les jurés de la cour d'assises apprécieront l'effort que vous avez fait pour ce casting.

Milo se tourne vers son avocat, cherchant un soutien dans ses yeux. Mais maître Pisani reste sidéré.

— Mme Orasca, êtes-vous toujours disposée à témoigner contre M. Louchenko ?

— Plus que jamais, monsieur le juge. Plus que jamais.

La voix d'Elena est fluette mais ferme. Déterminée.

— Très bien, madame. Remettez-vous bien, nous allons avoir besoin de vous pour le procès.

— J'y compte bien. Pourrais-je vous demander une faveur, M. le juge ?

— Avec ce que vous avez subi, nous vous le devons bien.

Elena racle sa gorge, et prend quelques secondes, avant de lâcher d'une voix ferme :

— Milo ! Avec mon bon souvenir !

Pierre-Antoine Lombard ne peut retenir un sourire. Milo Louchenko explose :

— Sale pute ! Tu vas crever ! Je vais te crever de mes mains !

Louchenko se lève. Mais avant qu'il n'ait pu faire un pas, un des membres de l'escorte a ouvert la porte et le saisit par l'épaule, lui imposant de s'asseoir. Milo tente encore de se relever, mais le policier passe son bras autour du cou du prévenu, hors de lui. Le juge tranche :

— Avec les témoignages de Mmes Elena Orasca et Taya Sakarova, je pense que vous allez finir vos jours derrière les barreaux, monsieur Louchenko. Messieurs, cet entretien est terminé. M. Louchenko, Maître Pisani, nous nous reverrons au procès.

Louchenko est hors de lui. Les veines de son cou ont doublé de volume. Celui qui a toujours fait preuve d'une grande maîtrise de lui-même révèle enfin son vrai visage. Pierre-Antoine Lombard exulte intérieurement. Il a réussi à faire sortir de ses gonds le monstre froid et calculateur qu'il a face à lui depuis deux ans. Pendant que les policiers du RAID saisissent Milo Louchenko pour l'extraire du bureau, le juge lâche :

— Et avant que vous me demandiez des nouvelles de mon cancer, je tiens à vous rassurer. J'aurai la force nécessaire pour clôturer mon instruction dans les temps et entendre le procureur général requérir contre vous la réclusion criminelle à perpétuité.

Milo est amené de force hors du bureau, vociférant tout ce qui lui reste d'énergie contre son ex-femme, contre le juge, contre son avocat. Pierre-Antoine Lombard replace son écran d'ordinateur avant de prendre congé d'Elena Orasca :

— Merci pour votre courage, madame. Je vous souhaite de vous rétablir rapidement pour vous avoir en pleine forme au procès.

— Merci à vous, monsieur le juge. Pour tout ce que vous faites.

Pierre-Antoine quitte la visioconférence. Il est essoufflé, il transpire un peu. La fatigue le cisaille, comme à chaque jour qui passe. La lame effilée qui lui traverse le ventre est toujours aussi douloureuse. Mais aujourd'hui, il ne la sent presque pas. Il a trouvé la force de ne rien lâcher. Parce qu'il doit bien cela à toutes les victimes de Milo.

Chapitre 65

Clamart. Mai 2025

— Comment vous trouvez-vous ?

La chambre est austère. Épurée. Militaire. Elle est imprégnée d'une solennité discrète, typique de ces lieux où la vie et la mort se côtoient avec une proximité troublante.

— Alors ? insiste Céline.

Elena ne répond pas. Elle fixe le miroir. Sans pouvoir prononcer aucun mot. Sans bouger. Sans réellement croire ce qu'elle voit. Après de longues secondes, ses lèvres s'agitent, tremblotent :

— C'est…

Elena ne parvient pas à aller plus loin. Une larme se met à couler le long de son visage, qui s'agite de légers soubresauts. Puis de sanglots. Céline s'approche de sa patiente et pose doucement sa main sur son épaule. Elena n'a toujours pas quitté de l'œil son reflet dans le miroir. Elle pose à son tour sa main sur celle de la chirurgienne, et murmure avec une voix effacée :

— C'est moi, dans ce miroir. Vous m'avez rendu mon visage. Merci.

Céline sourit. Elle sait tout ce que cela représente pour Elena. Toute la souffrance qu'elle a endurée pendant ces longs mois d'enfermement. Dans son propre corps. Dans ses souvenirs. Dans sa terreur de ne pas pouvoir dire ce qu'elle sait de Milo. Céline perçoit les tremblements qui agitent le corps de sa patiente, les sanglots de joie de celle à qui elle a rendu la vie. La chirurgienne sent que l'émotion de la jeune femme est contagieuse. Que des larmes ne vont pas tarder à venir embrumer ses yeux. Elle essaye de se ressaisir :

— Ce n'est pas moi qui ai opéré votre œil, mais mon collègue a réalisé un travail incroyable. Il n'a pas pu vous rendre la vue, mais la prothèse qu'il vous a posée fait parfaitement illusion. Personne ne pourrait imaginer ce qui vous est arrivé.

Elena fixe le miroir. Elle touche son visage, tourne la tête, pour se voir sous tous les angles. Pour se rassurer sur le fait que c'est bien elle. Elle reprend son souffle, sa voix, et sourit.

— J'ai eu du mal à réaliser que je ne verrai plus la vie que d'un œil. Mais c'est bon, je l'ai accepté. Et vous savez ce qui me rend heureuse, docteur ?

— Non. Dites-moi.

— J'imagine la tête de Louchenko le jour du procès. Quand il va me voir témoigner.

— Oui. Vous serez belle. Resplendissante. Comme aujourd'hui.

Céline fait un pas en arrière avant de faire le tour du lit dans lequel Elena est allongée. La jeune femme n'a toujours pas lâché le miroir qu'elle tient dans ses mains. Comme s'il était l'unique preuve de son existence. De sa résurrection. De sa force retrouvée.

La chirurgienne s'assoit de l'autre côté du lit pour poursuivre la discussion :

— Nous allons nous croiser au procès.

— Pourquoi ? interroge la patiente en se tournant vers Céline.

— Votre ex-mari a organisé mon enlèvement puis il a essayé de me faire taire, je vous rappelle. J'ai été citée à comparaître pour raconter ma… mésaventure.

Elena pose sa main sur le bras de la colonelle :

— Je suis désolée de vous avoir entraînée là-dedans.

— Ne le soyez pas. Grâce à vous, j'ai retrouvé quelqu'un que j'avais perdu de vue depuis bien longtemps.

— Le négociateur ?

— Comment savez-vous ? interroge Céline sur un ton faussement surpris.

— C'est vous qui me l'avez dit ! répond Elena en riant.

— Je vous ai parlé de Stan ?

— Absolument, confirme Elena en hochant la tête.

Céline se lève pour faire quelques pas. Elle sourit comme une adolescente qui prépare un premier rendez-vous. Elena connaît bien cette lumière qui éclaire le visage de sa chirurgienne. Qui vous rend ingénue. Légère. La jeune femme est trop curieuse pour ne pas essayer d'en savoir plus :

— Vous allez le revoir ?

La colonelle rit doucement.

— Qui sait ?

— Mais vous en avez envie ?

— Chaque fois que l'on a essayé de se revoir, cela a tourné court. Peut-être que la vie ne veut pas que nous allions au-delà de simples rencontres imprévues et fugaces. Alors, je ne sais pas si j'ai envie de prendre le risque de programmer quelque chose.

— On dirait qu'il vous a marqué. Qu'il est important pour vous.

— Stan marque tous ceux qui le rencontrent. Il peut charmer. Envoûter. Agacer, même. Mais il ne laisse personne indifférent.

— Je peux vous donner un conseil ?

— Allez-y.

Elena se redresse dans son lit pour s'asseoir un peu plus confortablement, et donner un peu plus d'emphase à ce qu'elle va dire.

— Foncez. Arrêtez de vous poser des questions. Laissez le doute dans sa boîte, et tentez votre chance. Vous avez failli mourir. Rappelez-vous ce que vous m'avez raconté, quand vous étiez à deux doigts de penser que tout était fini, dans votre cave. Si on vous avait proposé de revoir cet homme une dernière fois avant que tout s'arrête, vous auriez accepté ?

— Bien sûr, répond Céline.

— Sans hésiter ?

— Sans aucune hésitation.

— Alors dites-vous que vous allez peut-être mourir demain, et appelez ce Stan pour lui proposer de vous voir. Dès ce soir. Croyez-moi, tout peut s'arrêter très vite, et je sais de quoi je parle. Alors, n'hésitez pas !

Céline se lève encore une fois du lit trop mou pour être réellement confortable, et lâche en souriant :

— Je vous laisse, je crois que j'ai un coup de fil à passer.

Épilogue

Paris. Juin 2025.

Il n'y a que dans la Ville lumière que la cacophonie estivale peut apparaître comme une mélodie harmonieuse. Les tables rondes des terrasses sont disposées avec soin, offrant une vue imprenable sur les rues animées où se mêlent passants pressés et artistes flâneurs. Les bancs invitent les curieux à s'asseoir, à observer, à s'immerger dans le rythme de la ville.

— Comment va ton dos ? demande Marc.

— Ça va, commissaire. J'ai repris le sport.

— À peine trois mois après ta blessure ?

— Disons que mon chirurgien a été réceptif à mes demandes.

— C'est la colonelle Cluzel ?

— Non.

Autour des deux hommes, assis à la terrasse de leur point de rendez-vous du jour, les touristes capturent le temps avec leurs appareils photos : des sourires, des moues expressives, des postures bizarres. Rien n'est vraiment étonnant à Paris. Marc n'en sait pas encore assez sur les secrets du négociateur :

— Tu l'as revue ?

— Qui ? demande Stan d'une voix faussement naïve.
— Céline Cluzel !
— Qu'est-ce que cela peut te faire ?
— Je l'aime bien. Elle est chouette. Elle a bien géré sa captivité. Je ne sais pas si tu as pu débriefer avec elle ce qu'elle a subi...
— Cela ne te regarde pas, mon ami. Et je ne suis pas certain qu'elle ait envie de ressasser tout cela autour d'une bonne table.
— Tu envisages une bonne table ? Intéressant, glisse malicieusement le commissaire.
Stan ne répond pas. Son regard en dit assez long pour qu'il n'ait pas besoin d'ouvrir la bouche. Le négociateur change de sujet :
— Sinon, quoi de neuf pour Louchenko ?
— Il est renvoyé aux assises. Il va prendre perpette. Le juge Lombard ne le lâchera plus. Mais Milo était très bien informé. Le cancer du juge, le fait que la colonelle Cluzel était le chirurgien d'Elena Orasca, sa mission en Haïti. Trop de choses précises pour que ce soit juste de la chance ou du hasard.
— Une taupe ?
— On verra, lâche Marc.
— Et ses dossiers ? Vous avez pu mettre la main dessus ?
— En partie. Elena Orasca chante comme un rossignol. Nous préparons une mission disons... discrète, pour aller fouiller une chambre d'hôtel à Minsk. Dirigeants, chefs d'entreprise, politiques, tout le monde était dans les petits papiers de Louchenko. Les archives de Milo contiendraient de quoi faire tomber une bonne partie du gratin européen.

— Ou de les tenir en laisse pour vous rendre de menus services. Et cerise sur le gâteau, vous pourrez aussi faire le ménage pour faire disparaître tout ce qui pourrait compromettre tes services.

Marc ne répond pas. Quand on protège son pays, il faut parfois mettre les mains dans les poubelles. Ou pire. Le commissaire change à son tour de sujet :

— Sinon, c'est un garçon ou une fille ?

— Qui ?

— Ton chat. Il paraît que vous l'avez appelé Snow. Mais c'est un garçon ou une fille ?

— Qui sait ? interroge le négociateur. Tu lui demanderas quand tu le verras.

Le flic sourit. Il continue :

— Il faudra que tu nous envoies ta facture. J'y tiens.

— J'y compte bien. Ou alors…

— Ou alors ?

— J'ai peut-être un service à te demander.

— Vu le tarif de tes prestations, ce doit être un sacré service.

— Ça l'est.

Les deux hommes croisent leurs regards. En silence. Chacun attendant que l'autre parle. Mais à ce jeu, Stan a des années d'expérience. Marc s'impatiente :

— Vas-y, demande.

Stan se rapproche de son interlocuteur pour glisser à son oreille :

— Ma femme Elia a disparu depuis bientôt deux ans. Je veux savoir où elle est…

Photocomposition Soft Office

Achevé d'imprimer en septembre 2024
par CPI BRODARD & TAUPIN (72200 La Flèche)
pour le compte des Éditions Calmann-Lévy
21, rue du Montparnasse, 75006 Paris

CALMANN LEVY s'engage
pour l'environnement en réduisant
l'empreinte carbone de ses livres.
Celle de cet exemplaire est de :
300 g éq. CO_2
Rendez-vous sur
www.calmann-levy-durable.fr

PAPIER CERTIFIÉ

N° d'éditeur : 1013834/01
N° d'imprimeur : 3058780
Dépôt légal : octobre 2024
Imprimé en France.